KB059615

사
양
—

斜
陽

斜陽（1947）
太宰治

사양

斜陽

다자이 오사무 — 오유리 옮김

문예출판사

일러두기

주석은 모두 옮긴이 주다.

원문에서 강조 표기된 단어는 볼드체로 표기했다.

외래어 및 외국어 표기는 국립국어원의 규정 용례를 따르되 일부 우리말에 널리 쓰이는 것은 관용을 따랐다.

차례

1

아침 식탁에서 수프를 한 숟가락 뜨신 어머니가 "아" 하고 가는 신음 소리를 내셨다.

"혹시 머리카락이라도?"

수프에 뭔가 비위 상하는 거라도 빠졌나 싶어 여쭈었다.

"아니."

어머니는 아무 일도 없었던 것처럼 다시 살짝 수프를 한 숟가락 떠서 입에 흘려 넣으시고는, 고개를 돌려 부엌 창문 너머 만개한 산벚꽃에 시선을 보내며 얼굴을 그대로 모로 둔 채 다시 수프를 살짝 작은 입술 사이로 떠 넣으셨다. 살짝이라는 표현은 어머니에겐 결코 과장이 아니다. 여성 잡지 등에 나오는 식사 예법과는 정말이지, 전혀 맞지 않는 것이다. 남동생 나오지가 언젠가 술을 마시면서 내게 이렇게 말한 적이 있다.

"작위가 있다고 다 귀족이라고 할 수는 없지. 작위가 없어도 천성적으로 품위가 있는 귀족이 있고, 우리처럼 작위는 있어도 귀족은 무슨, 천민들과 진배없는 자들도 있잖아. 이와시마란 놈(나오지와 동급생인 백작의 이름을 들먹이며)은 정말이지, 신주쿠 유곽의 호객꾼보다 더 막돼먹은 느낌이 잖아. 얼마 전에도 야나이(역시 남동생의 동급생으로 자작의 차남을 언급하며)의 형님 결혼식에 그 자식, 턱시도 따위를 입고 와서는, 그런 자리엔 턱시도 같은 걸 입을 필요가 있다나 뭐라나 거들먹거리는 꼴이라니. 그래, 그건 그렇다 치더라도 테이블 스피치를 할 때, 그놈이 "그러하다네"라는 이상한 말을 내뱉는데, 아주 두 손 들었어. '점잔을 빼다' 란 말은 우아하고 고상한 것과는 전혀, 아무런 관계가 없는 기만적인 허세에 불과해. '고급 하숙'이라고 쓰여 있는 간판이 혼고 주변에 자주 눈에 띄지만, 실제로 화족*이라는 사람들 대부분은 고급 거지라고나 부를 만한 사람들이야. 진짜 귀족은 이와시마처럼 어설픈 귀족 행세 따윈 하지 않는다구. 우리 가족 중에서도 진정한 귀족이라 할 만한 사람은, 음…… 어머니 한 분 정도가 되지 않을까. 진짜

---

* 메이지 시대 초기 신분 계급 중 한 가지로, 처음에는 단순히 영주의 가계를 지칭하는 말이었으나 1884년 화족령을 제정하여 유신 공신들에게 공작, 후작, 남작, 백작이라는 작위를 부여하면서 특권층이 되었다. 1947년부터 신헌법을 시행하면서 폐지되었다.

로 하는 말인데 어머니에겐 아주 당해내기 어려운 구석이 있어."

수프를 마시는 것만 봐도 우리는 접시 위로 고개를 약간 숙이고 스푼을 가로로 쥐고는 수프를 떠서 스푼을 옆으로 넌 채 입으로 가져간다. 그런데 어머니는 왼손의 손가락을 테이블 끝에 가볍게 얹고 상체는 꼿꼿이 세운 채 얼굴을 가볍게 쳐들고 접시는 쳐다보지도 않고 스푼을 잡고는 그대로 수프를 살짝 떠서 마치 제비처럼, 그런 표현이 적절하다 싶을 만큼 사뿐히 스푼을 입과 직각이 되도록 가져가 스푼 끝부터 수프를 입술 사이로 흘려 넣으신다. 그리고 태연스레 이쪽저쪽으로 눈길을 돌리며 살짝, 어쩌면 작은 날갯짓처럼 스푼을 다루시고 단 한 방울도 흘리는 일 없이 후루룩 소리도, 달그락 소리도 내지 않는다. 그건 남들이 말하는 정식 예법에는 맞지 않을지 모르지만, 내가 보기에는 무척이나 사랑스럽고 그야말로 제대로 된 예법처럼 보인다. 그리고 사실 국물 있는 음식은 고개를 숙이고 스푼을 옆으로 해서 먹는 것보다 여유 있게 상반신을 세우고 스푼 끝에서 입으로 흘려 넣어 먹는 편이 신기하게도 맛있다. 하지만 나는 나오지 표현대로 고급 거지이기 때문에 어머니처럼 그렇게 살짝, 아무렇지도 않게 스푼을 다루지는 못해서 단념하고 접시 위로 고개를 숙인 채 기존 예법에서 말하는 따분한 방식대로 먹는다.

수프뿐만이 아니라 어머니의 식사 방식은 보통 식사 방법과는 상당히 다르다. 고기 요리가 나오면 나이프와 포크로 한꺼번에 전부 작은 토막으로 잘라놓고, 나이프는 옆으로 치워둔 채 포크를 오른손으로 옮겨 쥐고, 조각난 고기 토막을 하나씩 하나씩 찍어 천천히, 맛나게 드신다. 또 뼈가 있는 닭고기 같은 것을 드실 땐 우리가 보통 접시를 달그락거리지 않고 살을 발라내려고 애쓰지만 어머니는 전혀 힘들이지 않고 손가락 끝으로 뼈 부분을 잡고 들어 올려, 이로 뼈와 살을 발라서 드신다. 그런 미개한 행동도 어머니가 하시면 사랑스러울 뿐만 아니라 상당히 에로틱하기까지 해서, 확실히 진정한 귀족은 다르다는 걸 느끼게 된다. 닭고기만이 아니라 어머니는 점심 반찬으로 나온 햄이나 소시지 등도 손가락 끝으로 살짝 집어 드시곤 한다.

"주먹밥이 왜 맛있는지 아니? 그건 말이야, 사람의 손으로 꾹꾹 쥐어 만들기 때문이란다" 하고 말씀하신 적도 있다.

정말로 손으로 먹으면 더 맛이 있을까, 생각해본 적이 있지만 나 같은 고급 거지가 어설프게 그걸 흉내 내면 그야말로 진짜 거지꼴이 되어버릴 것 같아 그만두었다.

나오지도 엄마에겐 못 당하겠다고 말하지만 가만 보면 나역시 어머니의 행동은 도무지 흉내조차 낼 수 없어 절망 비슷한 감정을 느끼기도 한다. 언젠가 초가을 달빛이 좋은 밤이었는데, 니시카타초의 집 정원에 있는 연못가 정자에서 어머니와 둘이 달구경을 하며 여우가 시집갈 때*와 쥐가 시집갈 때** 신부들의 혼례 준비가 어찌 다를까, 웃으며 이야기를 주고받다가 어머니는 갑자기 일어나서 정자 옆에 우거진 싸리나무 풀숲 안으로 들어가셨다. 그러곤 싸리나무의 흰 꽃들 사이로 꽃들보다 더 뽀얀 얼굴을 내밀고 살포시 웃으며 "가즈코, 엄마가 지금 뭐 하는지 한번 맞혀볼래?" 하셨다.

"꽃 따고 계시죠?" 하고 대답했더니, 작은 소리로 웃으시다가 "오줌 눈다" 하셨다.

조금도 쭈그리고 앉아 있지 않으셔서 깜짝 놀랐지만 어쨌거나 나 같은 사람은 도저히 흉내조차 낼 수 없는 그 모습이 정말이지 너무도 사랑스러웠다.

오늘 아침 수프 이야기에서 너무 벗어나지만, 얼마 전에 어느 책에서 루이 왕 시대의 귀부인들은 궁궐 정원이나 아니면 복도 한쪽 구석에서 아무렇지도 않게 소변을 보았다는 이야기를 읽었다. 그 어린아이같이 꾸밈없는 행동이 너무나 사랑스러워 우리 어머니는 이 세상 최후의 진짜 귀부

---

* 캄캄한 밤에 산이나 들에서 정체 모를 불빛들이 줄지어 이어지는 모습을 여우가 시집가는 행렬의 등불이라고 여겼다.
** 쥐 부부가 세상에서 가장 잘난 사위를 얻으려고 해, 구름, 바람, 토담을 순서대로 찾아다녔으나 결국 쥐가 제일 좋은 신랑감이라는 사실을 깨닫고 사위로 맞아들였다는 옛이야기가 있다.

인이 아닐까 생각했다.

그런데 오늘 아침에는 수프를 한 숟가락 뜨시고는 아, 하고 조용히 신음하셔서 혹시 머리카락이라도? 하고 여쭤보니 아니라 답하신다.

"너무 짠가요?"

오늘 아침 수프는 얼마 전 미국에서 배급받은 완두콩 통조림을 체에 내려 내가 직접 만들었는데 워낙 요리에는 자신이 없어서, 어머니가 아니라고 말씀하셨어도 지레 걱정이 되어 여쭈었다.

"아주 맛있게 잘 만들었어."

어머니는 조용히 말씀하시고 수프를 마저 다 드신 뒤 김으로 싼 주먹밥을 손에 집어 들고 드셨다.

나는 어릴 때부터 아침밥은 영 당기지 않고 10시 정도가 되기 전까지는 배도 고프지 않기 때문에 그때도 수프만은 어떻게 먹긴 했지만 그 자체가 큰일이어서, 주먹밥을 접시에 올려놓고 젓가락으로 찔러 다 파헤쳐놓고는, 떨어진 조각을 젓가락으로 집어 어머니가 수프를 드실 때 스푼을 다루시듯이 젓가락을 입과 직각이 되게 가져가, 마치 새끼 새에게 먹이를 줄 때처럼 입에 집어넣으며 느릿느릿 밥알 세듯 먹고 있었다. 어머니는 그동안에 벌써 식사를 다 마치시고 조용히 식탁에서 일어나 아침 해가 들이비치는 벽에 등을 기대고 잠시 말없이 내가 먹는 모습을 쳐다보시다 말씀하셨다.

"가즈코는 아직 안 되겠다. 아침 식사가 가장 맛있어야지."

"어머니는 아침밥이 맛있어요?"

"그럼, 이제 난 환자가 아닌걸."

"저도 환잔 아니에요, 뭐."

"저런, 못써."

어머니는 쓸쓸하게 웃으시며 고개를 저으셨다.

나는 5년 전에 폐병에 걸려 자리에 누워 지냈던 적이 있지만 그건 단지 내 마음의 병이었다는 걸, 난 안다. 하지만 얼마 전 어머니가 앓으신 병은 정말이지 걱정스럽고 애처로운 병이었다. 그런데도 어머니는 내 걱정만 하신다.

"아."

내가 소릴 냈다.

"왜 그래?"

이번엔 어머니 쪽에서 물으신다.

얼굴을 마주 보고 서로 뭔가 통했다는 느낌에 후훗 하고 웃자, 어머니도 소리 없이 빙그레 웃어 보이셨다.

뭔가 참을 수 없는 수치심에 사로잡힐 때 자기도 몰래 아, 하는 가녀린 비명이 새어 나오는 법이다. 방금 내 가슴속에서 연기처럼 휘익 하고, 6년 전 내가 이혼할 때의 일이 선명하게 떠올라 주체하지 못하고 나도 모르게 그만 소리가 새어 나왔지만, 아까 어머니의 그 탄식은 도대체 무슨 의미였는지……. 설마 어머니에게 나와 같은 부끄러운 과거가 있을 리는 없는데 아니, 아니면 뭐지?

"어머니도 아까 갑자기 뭔가 떠오르셨던 거죠? 무슨 일이었어요?"

"잊어버렸어."

"저에 관한 거예요?"

"아니."

"나오지 때문에요?"

"그게……" 하고 입을 떼시고는 고개를 숙이고 "그럴지도 모르겠네" 하셨다.

나오지는 대학교에 다니다가 징집되어 남쪽 지방 섬으로 갔는데, 소식이 끊겨 전쟁이 끝났는데도 행방을 알 수 없다. 어머니는 이제 나오지는 만나지 못할 거라 각오하고 있다고 말씀하셨지만, 나는 그런 '각오' 따위는 단 한 번도 한 적 없다. 반드시 만날 수 있을 거라 믿고 있다.

"이젠 체념한 줄 알았는데 맛있는 수프를 먹으니 나오지 생각이 나서 그만 나도 모르게. 나오지한테 좀 더 잘해줄걸."

나오지는 고등학교에 입학한 무렵부터 문학에 심취해서 거의 불량 학생들이나 하는 그런 생활에 빠져들어 얼마나 어머니의 맘고생을 시켰는지 모른다. 그런데도 어머니는 수프 한 숟가락 뜨곤 나오지를 떠올리며 아, 하고 탄식을 흘리신다. 밥을 입에 욱여넣으며 나도 눈시울이 뜨거워지는 걸 느꼈다.

"괜찮을 거예요. 나오지는 무사할 거예요. 나오지 같은 악한은 쉽게 죽지 않아요. 죽는 사람은 모두 순하고 깨끗하고 다정한 사람들이에요. 아마 나오지는 몽둥이로 두들겨 맞아도 죽진 않을 거예요."

어머니는 웃으시며 "그럼, 가즈코는? 일찍 죽는 쪽일까?" 하고 놀리신다.

"어머나, 어째서요? 전 말이죠, 악한의 선두 주자라 여든 살도 문제없어요."

"그래? 그럼 엄마는 아흔까진 문제없겠네."

"네에?"

더는 말을 잇지 못했다.

악한은 오래 산다. 곧은 사람은 일찍 죽는다. 어머니는 곧고 고운 분이다. 하지만 오래 사셨으면 좋겠다. 나는 잠깐 말을 꺼내지 못하고 주저하다 "짓궂어요" 했는데, 아랫입술이 바르르 떨리더니 그만 눈물이 또르르 떨어졌다.

뱀 이야기를 해볼까. 4, 5일 전 오후에 근처 아이들이 정원 울타리 삼아 심어둔 대밭에서 뱀 알을 열 개 정도 발견했다.

"살무사 알이야."

아이들은 자랑스럽게 떠들었다.

나는 대밭에 뱀들이 열 마리나 깨어나면 마음 놓고 정원에도 내려오지 못할 거라 생각했다.

"태워 죽이자" 했더니, 아이들은 와! 소릴 지르며, 펄쩍펄쩍 뛰면서 내 뒤를 따라왔다.

대밭 가까이에 나뭇잎과 풀 더미를 쌓아 올리고 불을 놓아 그 속으로 알을 하나씩 던져 넣었다. 알은 좀처럼 타지 않았다. 아이들이 다시 한번 나뭇잎과 작은 나뭇가지들을 불 속으로 던져 넣어 불길이 거세졌는데도, 알들은 전혀 변화가 없었다.

"뭐 하세요?"

아래 농갓집 딸이 울타리 밖에서 웃으며 물었다.

"살무사 알을 태우고 있어요. 살무사가 나오면 무섭잖아요."

"크기가 얼마만 한데요?"

"메추리알 정돈데, 아주 하얘요."

"그럼, 그냥 뱀 알이에요. 살무사의 알이 아닐 거예요. 그리고 생알은 웬만해선 타지 않아요."

농갓집 딸은 재밌다는 듯이 웃고는 가버렸다.

30분 정도 불을 피워댔지만 알들은 타지 않았다. 아이들에게 알들을 불 속에서 다시 주워내 매화나무 밑에 묻게 하고, 나는 작은 돌멩이들을 모아서 비석 비슷한 걸 만들어주었다.

"자, 모두 묵념하자."

내가 몸을 구부리고 합장하자 아이들도 얌전히 내 뒤에 서서 고개를 숙이고 합장했다. 그러고 나서 아이들과 헤어져 혼자 돌계단을 천천히 올라오는데, 계단 위로 늘어진 등나무 덩굴 밑 그늘에 어머니가 서서 말씀하셨다.

"아주 몹쓸 짓을 했구나."

"살무사인 줄 알았더니 그냥 뱀이었어요. 그래도 잘 묻어 줬으니 괜찮겠죠."

말은 그렇게 했지만 이런 일을 어머니께 들킨 게 영 찜찜했다.

어머니는 결코 미신을 믿는 분은 아니었지만, 10년 전 아버지가 니시카타초 집에서 돌아가신 이후 뱀을 아주 무서워하신다. 아버지가 임종하시기 전에 어머니는 아버지의 머리맡에서 가늘고 새까만 줄이 떨어져 있는 걸 보고 뭔가 하고 집어 들었는데 그게 바로 뱀이었단다. 스르르 도망쳐 복도로 나가서는 그 뒤론 어디로 갔는지 그대로 사라져버렸단다. 그것을 본 사람은 어머니와 외삼촌 두 분이었는데 서로 얼굴을 마주 보고는 임종 전에 집안을 소란스럽게 하지 않으려고 잠자코 앉아 계셨다고 한다. 우리도 그 자리에 같이 앉아 있긴 했지만, 그래서 그때 뱀이 나타났었는지는 전혀 몰랐다.

하지만 아버지가 돌아가신 날 저녁, 정원 연못가 나무에 올라가 있던 뱀은 나도 직접 보았다. 나는 지금 스물아홉 살 아줌마가 되었지만, 10년 전 아버지가 돌아가실 때는 열 아홉이었다. 이미 꼬마는 아니었기 때문에 10년이 지난 지금도 그때의 기억은 생생한데, 내가 영전에 꽂아둘 꽃을 꺾으러 정원 연못 쪽으로 걸어 내려가 연못가 바위 옆 철쭉이 핀 곳에 서서 힐끔 쳐다보니 철쭉 가지 끝에 작은 뱀이 똬리를 틀고 있었다. 흠칫 놀라 그 옆 황매화 가지를 꺾으려 했더니 그 가지에도 뱀이 감겨 있었다. 또 그 옆에 있던 물푸레나무에도 어린 단풍나무 가지에도 금작화에도 등나무에도 벚나무에도 이 나무 저 나무에 모두 뱀들이 몸을 둘둘 말고 있었다. 하지만 그렇게 무섭진 않았다. 뱀도 나처럼 우리 아버지의 임종을 슬퍼해 구멍에서 기어 나와 아버지의 명복을 빌고 있는 거라고만 생각했다. 그래서 곧 정원에서 보았던 뱀 이야기를 어머니께 해드렸더니 어머니는 침착하게 무언가 생각하시는 것처럼 고개를 살짝 기울이시고는 딱히 아무 말씀도 하지 않으셨다.

하지만 이 두 번의 뱀 사건이 그날 이후 어머니가 뱀을 질색하게 된 계기가 된 것은 틀림없는 사실이었다. 뱀을 질색한다기보다는 뱀을 무슨 영물인 양 생각해 두려워하는, 다시 말해서 공포심을 갖게 된 것 같다.

뱀 알 태우는 것을 보곤 어머니가 틀림없이 뭔가 불길한 예감을 했을 거라고 생각하니, 나도 갑자기 그런 짓을 한

게 영 꺼림칙해졌다. 이 일로 어머니께 어떤 나쁜 재앙이 내리는 건 아닐까 걱정됐다. 그런 불안은 다음 날도 또 그다음 날도 마음속에서 지워버릴 수 없었는데 오늘 아침 식당에서 곧은 사람은 일찍 죽는다는 둥, 말도 안 되는 소리를 입에 올렸다가 나중엔 다시 주워 담지도 못하고 결국 울어버리고 말았지만 아침 설거지를 하면서 문득, 뭔가 내 가슴속 깊은 곳에 어머니의 생명을 옥죄는 불길한 작은 뱀 한 마리가 들어앉아 있다는 생각이 들어 불안한 마음은 더욱 커졌다.

그리고 그날, 정원에서 다시 뱀을 보았다. 아주 따뜻하고 화창한 날이라 부엌일을 끝내고 나서 정원 잔디 위에 등나무 의자를 내와 거기서 뜨개질을 해야겠다 싶어 등나무 의자를 들고 정원으로 내려왔더니, 정원석 수풀 사이에 뱀이 있었다. 아아, 싫어. 나는 단지 그렇게만 생각하고 그 이상 다른 생각 없이, 의자를 다시 집어 들고 툇마루로 올라와 거기서 뜨개질을 시작했다. 오후가 되어 정원 구석 창고에 넣어두었던 책들 속에서 로랑생*의 화집을 꺼내오려고 정원으로 내려갔는데, 뱀이 잔디 위를 슬금슬금 천천히 기어갔다. 아침에 본 뱀과 똑같았다. 날씬하고 품위 있는 뱀이었

---

* 프랑스 화가, 마리 로랑생Marie Laurencin(1883~1956)

다. 암컷이라 생각했다. 뱀은 소리 없이 잔디를 가로질러 찔레 덩굴 그늘까지 가더니, 멈춰서서 고개를 들고 불꽃 같은 혀를 널름거렸다. 그리고 주위를 둘러보는지 잠시 있더니 고개를 잔디 위에 다시 내리깔고 너무나도 쓸쓸하게 몸을 웅크렸다. 그때에도 단지 예쁜 뱀이라고만 생각하고 창고로 가서 화집을 꺼내오다가 조금 전에 뱀이 있던 자리를 둘러보았는데 뱀은 이미 그 자리에 없었다.

저녁이 다 되어서 어머니와 중국식 분위기의 응접실에서 차를 마시며 정원 쪽을 내다보는데 돌계단 세 번째 층계참에 아침에 본 뱀이 다시 모습을 드러냈다.

어머니도 뱀을 보시고 "저 뱀은" 하시다가 나에게 다가와 내 손을 꼭 쥔 채 그 자리에 서서 돌처럼 굳어졌다. 어머니의 말씀을 듣고 보니 순간, 머릿속에 떠오르는 게 있었다.

"알들의 어미 뱀 아닐까?"

"그래, 맞아."

어머니는 갈라진 목소리로 대답하셨다.

우리는 서로 손을 붙잡고 한숨을 내쉬며 잠자코 그 뱀을 지켜보았다. 돌계단 위에 외롭게 웅크리고 있던 뱀은 비틀거리듯 다시 움직이기 시작해서 힘겹게 돌계단을 가로질러 제비붓꽃이 피어 있는 쪽으로 들어갔다.

"아침부터 정원을 헤매고 돌아다녀요."

내가 작은 목소리로 말했더니, 어머니는 긴 한숨을 내쉬고, 의자에 깊숙이 앉아 가라앉은 음성으로 말씀하셨다.

"그렇지? 알들을 찾고 있는 거야. 얼마나 가엾니."

나는 이제 와 어쩔 수 없어서 어머니 말씀에 그저 후후 하고 웃었다.

석양이 어머니의 얼굴을 비춰 어머니의 눈이 검푸르게 빛나고, 두 눈 속에 희미한 분노의 빛이 스쳐 그 얼굴은 와락 달려들고 싶을 정도로 아름다워 보였다. 그리고…… 아아, 어머니의 얼굴은 조금 전 그 쓸쓸하고 슬퍼 보였던 뱀과 닮았다. 그리고 내 가슴속에 있는 살무사처럼 꿈틀거리는 흉측한 뱀이, 이 슬픔에 사무쳐 차라리 아름다운 어미 뱀을 언젠가 잡아먹어버리지는 않을까, 왠지, 무엇 때문인지 그런 기분이 들었다.

나는 어머니의 가냘프고 우아한 어깨에 손을 얹고 까닭 모를 몸서리를 쳤다.

우리가 도쿄 니시카타초에 있는 집을 버리고 이즈에 있는 약간 중국풍의 산장으로 이사한 때는 일본이 전쟁에서 무조건 항복한 그해 12월 초였다. 아버지가 돌아가시고 나서 우리 집안의 경제는 어머니의 남동생이자 현재는 어머니의 유일한 혈육이며 와다에 사시는 외삼촌이 전적으로 돌봐주고 계셨다. 그런데 전쟁이 끝난 뒤로는 세상이 전과 달라져 와다의 외삼촌이 이젠 안 되겠으니 집을 팔아야겠다고, 하녀도 내보내고 모녀 둘이서 어디 시골에 작은 집 한 채를 마련해 형편에 맞춰 사는 게 낫겠다고 어머니께 충고했는지, 어머니는 돈에 관해서는 아이들보다 더 아는 게 없는 분이라 외삼촌에게 그런 말씀을 듣고 그럼 알아서 잘 좀 처리해달라고 부탁한 모양이었다.

11월 말에 외삼촌한테서 빠른 우편이 왔다. 그 안에는 순즈 철도 부근에 있는 가와다 자작의 별장이 매물로 나왔다, 집은 높은 지대에 있어 전망이 좋고 밭도 100평가량 딸려 있다, 그 주변은 매화로 유명한 곳이고, 겨울엔 따뜻하고 여름엔 서늘해 아주 살기 좋은 곳이라 본다, 먼저 주인과 직접 만나 이야기할 필요가 있을 것 같으니 내일 긴자에 있는 사무실까지 나오라, 하는 내용이 적혀 있었다.

"어머니, 나가실 거예요?"

내가 묻자 어머니는 씁쓸한 미소를 띠며 맥없는 목소리로 말씀하셨다.

"그래도, 부탁해놓은 거니까."

다음 날, 예전 운전사였던 마츠야마 씨에게 동행해달라고 부탁해 어머니는 점심때가 좀 지나 외출하셨다가 저녁 8시경에 마츠야마 씨 차로 돌아오셨다.

"결정했어."

내 방으로 들어와서 책상 위에 손을 얹고 그냥 그대로 무너지듯 주저앉으시며 한마디 하셨다.

"결정했다니, 뭘요?"

"전부."

나는 너무 놀라 말했다.

"그래도, 어떤 집인지 보지도 않고."

어머니는 책상 위에 한쪽 팔꿈치를 얹고 이마를 짚은 채 짧은 한숨을 쉬셨다.

"외삼촌이 좋은 곳이라고 말하던걸. 난 그냥 볼 것도 없이 이사해도 될 거 같아."

어머니는 얼굴을 들고 희미한 미소를 보이셨다. 그 얼굴은 약간은 수척하고, 아름다웠다.

"그래요."

나도 외삼촌에 대한 어머니의 아름다운 신뢰에 고개를 숙이고 동감했다.

"그럼 저도 그대로 따를게요."

어머니와 둘이서 후후후 소리 내 웃었지만, 웃음이 지나간 이후 밀려드는 공허함.

그다음부터 집으로 매일 인부들이 찾아와 이삿짐을 꾸리기 시작했다. 와다의 외삼촌도 찾아와서 팔 만한 물건들은 팔아치우도록 주선해주셨다. 나는 하녀인 키미와 둘이서 옷을 정리하고 잡동사니를 정원 앞에서 태우느라 정신없었지만 어머니는 정리하는 것도 전혀 거들지 않으시고 인부들에게 이런저런 지시도 하지 않은 채 방 안에서 꼼지락거리고 계셨다.

"왜 그러세요? 이즈로 떠나기 싫으신 거예요?"

보다 못한 내가 약간 볼멘소리로 여쭤보아도 멍한 표정으로 "아니"라고만 답하실 뿐이었다.

열흘이 지나 완전히 정리가 끝났다. 저녁때 키미와 둘이서 종잇조각과 지푸라기를 정원 앞에서 태우고 있는데, 어머니도 방에서 나와 툇마루에 서서 말없이 우리가 피워 올린 불꽃을 바라보셨다. 회색빛 싸늘한 서풍이 불어 연기가 땅 위로 낮게 깔리며 휘휘 돌았다. 문득 어머니의 얼굴을 올려다보니 어머니의 안색이 지금까지 본 적이 없을 정도로 나빠, 깜짝 놀랐다.

"어머니! 안색이 너무 안 좋아요."

큰 소리로 외쳤더니, 어머니는 살포시 웃으셨다.

"별일 아니야."

그러곤 다시 방으로 들어가셨다.

그날 밤, 이부자리는 이미 짐 속에 꾸려 넣었기 때문에 키미는 2층 응접실 소파에, 어머니와 나는 이웃집에서 빌려온 이부자리 한 채를 펴고 어머니 방에 함께 누웠다.

어머니는 가슴이 철렁 내려앉을 정도로 늙고 약한 목소리로 뜻밖의 말씀을 하셨다.

"가즈코가 있으니까, 내 곁에 있어주니까 내가 이즈로 갈 수 있는 거야. 가즈코가 곁에 있으니까."

나는 움찔해서 "제가 없다면요?" 하고 덜컥 물었다.

그 말에 어머니는 갑자기 울음을 터뜨리셨다.

"죽는 게 낫겠지. 너희 아버지가 돌아가신 이 집에서, 나도 죽어버리고 싶어."

어머니는 말을 제대로 잇지 못하고 띄엄띄엄 말씀하셨다.

어머니는 내게 지금까지 한 번도 이런 약한 말씀을 하신적이 없었고, 또 이런 복받치는 울음을 보이신 일도 없었다. 아버지 임종 때도 내가 시집갈 때도, 임신해서 어머니가 계신 이 집으로 돌아왔을 때도, 또 아기가 병원에서 죽은 채태어났을 때도, 내가 병이 나서 몸져누웠을 때도, 나오지가잘못된 짓을 했을 때도, 어머니는 결코 이런 약한 모습을보이지 않으셨다. 아버지가 돌아가시고 나서 10년 동안, 어머니는 아버지가 계실 때와 조금도 변함없이 여유롭고 다정다감한 분이었다. 그래서 우리도 늘 마음껏 응석을 부리며 자랐다. 하지만 어머니는 이제 돈이 다 떨어졌다. 갖고계신 건 전부 우리를 위해서, 나와 나오지를 위해 털끝만큼도 아까워하지 않고 전부 써버리셨다. 그리하여 이제 오랜세월 당신의 몸처럼 익숙해진 이 집을 떠나, 이즈의 작은산장에서 나와 단둘이 쓸쓸한 생활을 시작하지 않으면 안될 지경이 됐다. 만약 어머니가 심술궂은 구두쇠여서 자식들을 구박하고 자기 앞날만 생각해 돈을 몰래 숨겨두는 그런 사람이었다면, 세상이 어떻게 바뀐다 해도 이렇게 죽고 싶은 심정이 되지는 않았을 텐데. 아아, 돈이 없다는 것은 뭐라 표현해야 좋을지 모를 두려운, 비참한, 살아날 구멍 없는 지옥 같다는 걸 태어나 처음으로 깨닫고는 가슴속에서 뜨거움이 복받친다. 속이 꽉 메어와 울고 싶어도, 눈물도 나오지 않는다. 인생의 쓴맛이란 이런 느낌을 두고 한 말이 아닐까. 천장을 바라보며 누운 나는 뻣뻣이 굳어 그대로 돌이 되어버렸다.

다음 날 어머니는 여전히 좋지 않은 낯빛으로 안절부절 못하는 모습이 잠깐이라도 더 이 집에 머물고 싶어 하는 눈치였지만 외삼촌이 오셔서 이제 짐은 거의 다 부쳤으니 오늘 이즈로 출발하자고 재촉하시는 바람에 어머니는 마지못해 코트를 입고 작별 인사하는 키미와 다른 사람들에게 말없이 고개만 숙여 인사를 대신하고는, 외삼촌과 나와 함께 셋이서 니시카타초 집을 나섰다.

기차는 비교적 한산해서 세 사람 모두 앉을 수 있었다. 기차 안에서 외삼촌은 아주 기분이 좋은 듯 노래를 흥얼거리셨지만 어머니는 얼굴에 잿빛 구름을 드리우고, 한기를 느끼시는지 웅크리고 앉아 계셨다. 미시마에서 순즈 철도로 갈아타 이즈의 나가오카에서 내리고, 버스로 15분 정도 더 달려가 내려서는 산 쪽으로 완만한 오르막길을 걸어 올라가니 작은 마을이 나오고 그 마을에서 조금 벗어나자 낡은 그 중국 건물 같은 산장이 보였다.

"어머니, 생각보다 좋은 곳이네요."

나는 숨을 할딱이며 말했다.

"그렇구나."

어머니도 산장 현관 앞에 서서 잠깐 밝은 표정을 지어 보이셨다.

"우선 공기가 아주 좋아. 어때, 정말 깨끗하잖아."

외삼촌은 자랑스럽게 말했다.

어머니는 엷은 미소를 머금고 말씀하셨다.

"정말 그렇네. 달구나. 공기가 깨끗해서 맛이 달아."

그 말씀에 우리 세 사람은 함께 웃었다.

현관에 들어서 보니 도쿄에서 부친 짐들이 벌써 도착해 현관 앞이나 방이나 할 것 없이 꽉 들어찼다.

"이리 와 봐. 방에서 보이는 경치가 아주 기가 막히거든."

외삼촌은 들떠서 우리를 방으로 데려가 앉혔다.

오후 3시경이어서 겨울 해가 정원에 깔린 잔디 위를 부드럽게 비추었다. 잔디에서 돌계단을 내려가면 작은 연못이 있는데, 그 주위에는 매화나무가 가득 심겨 있고, 정원 밑에는 귤나무밭이 펼쳐져 있다. 그 앞으로 도로가 곧게 나 있고 그 건너편은 무밭으로, 그곳에서 훨씬 더 나가면 소나무숲이 있는데, 그 소나무숲 너머에 바다가 보인다. 바다는 이렇게 방에 앉아 있으면 딱 내 가슴 앞에 수평선이 와 닿을 정도의 높이로 펼쳐져 있다.

"평화로운 경치구나."

어머니는 쓸쓸한 바람처럼 말씀하셨다.

"공기가 깨끗해서인지, 햇빛이 정말 도쿄하고는 다르잖아요. 빛이 고운체에 걸러져 쏟아지는 것 같아."

난 어머니 말에 맞장구를 쳤다.

다다미 열 장*짜리 방과 여섯 장짜리 방, 다다미 석 장 넓이의 중국식 응접실과 현관, 다시 석 장 정도의 공간이 욕실 앞에 붙어 있었고 식당과 부엌, 2층에 커다란 침대가 딸린 손님용 서양식 방이 한 칸 있었다. 방은 이 정도지만 우리 두 식구, 아니, 나오지가 돌아와 세 식구가 살기에도 그다지 옹색하진 않을 거라 생각했다.

외삼촌은 이 마을에서 단 하나뿐이라는 여관에 식사를 시키러 가셨고, 곧 배달된 도시락을 방에 벌려놓고는 손수 가져오신 위스키를 반주 삼아 드셨다. 그러면서 이 산장의 이전 주인인 가와다 자작과 중국에서 유학하던 시절의 실수담을 이야기하시며 상당히 기분이 좋은 듯 보였는데, 어머니는 도시락에 젓가락만 살짝 갖다 대는 둥 마는 둥 거의 드시지 않고, 주위가 어둑해지자 "그럼, 난 그만 자리에 들어야겠다"며 나지막이 말씀하셨다.

---

* 다다미 한 장은 약 0.5평

짐 속에서 이부자리를 꺼내 잠자리를 봐드리고, 왠지 마음이 놓이지 않아 체온계를 찾아서 어머니의 열을 재보니 39도나 됐다.

외삼촌도 놀라 서둘러 아랫마을까지 의사를 부르러 나가셨다.

"어머니."

큰 소리로 불러도 그저 깜박깜박 졸고 계신다.

나는 어머니의 조그만 손을 잡고 훌쩍훌쩍 울었다. 어머니가 불쌍해서, 너무나 애처로워서, 아니, 우리 두 사람의 신세가 너무나 가여워서, 울고 또 울어도 눈물이 멈출 것 같지 않았다. 울다가 정말 이대로 어머니와 함께 죽어버렸으면 좋겠다고 생각했다. 이제 나는 아무것도 필요 없다. 우리의 인생은 니시카타초의 집을 나온 순간, 이미 끝났다고 생각했다. 두 시간 정도가 지나 외삼촌이 마을의 의사 선생을 데리고 오셨다. 의사는 꽤 나이가 들어 보였는데, 센다이 지방의 비단으로 만든 하카마*를 입고 흰 다비**를 신고 있었다.

진찰이 끝났다.

"폐렴으로 번질 수도 있지만서도 폐렴에 걸린다고 또 크

---

* 일본 남자들이 입는 주름 잡힌 바지
** 엄지발가락과 둘째발가락 사이가 갈라진 일본식 버선

게 걱정하실 건 없습죠."

의사는 영 믿음이 가지 않는 소리를 하더니 주사를 놓아
주고는 돌아갔다.

다음 날이 되어도 어머니는 열이 내리지 않았다. 외삼촌
은 내게 2천 엔을 쥐여주며, 만일 입원해야 하면 전보를 치
라는 말을 남기고 일단 도쿄로 돌아가셨다.

나는 짐 속에서 몇 가지 꼭 필요한 요리 도구를 꺼내, 묽
은 죽을 쑤어 어머니께 먹여드렸다. 어머니는 누운 채로 세
숟가락 정도 드시더니, 그만 고개를 저었다. 점심시간이 되
기 조금 전, 아랫마을 의사 선생이 다시 왕진을 오셨다. 이
번에는 하카마를 입지 않았는데 흰 다비는 신고 있었다.

"입원하는 게 낫지 않을까요……."

내가 여쭈었더니 여전히 미덥지 않은 대답을 했다.

"아니, 그럴 필요는 없습죠. 오늘 좀 더 강한 주사를 한 대
놓아드릴 테니 기다려보십쇼. 열도 곧 내릴 테니."

의사 선생은 말 그대로 강한지 어떤지 주사 한 대를 놓아
주고 돌아갔다.

하지만 그 주사가 확실히 약효가 있었는지, 그날 점심때
가 지나 어머니는 혈색이 돌아오고 땀을 흠뻑 내더니, 잠옷
을 갈아입을 땐 웃으시며 "명의인가 보다" 하셨다.

열은 37도로 떨어졌다. 나는 너무 기뻐서 이 마을에서 유
일한 여관으로 달려가 그곳 주인아주머니께 계란 열 개를

꾸어 와서 어머니께 반숙을 해드렸다. 어머니는 반숙을 세 알, 죽을 반 공기 정도 드셨다.

다음 날, 마을의 명의가 다시 흰 다비를 신고 왔길래 어제 치료를 잘 해줘 고맙다고 인사했더니, 효과가 있는 건 당연하다는 표정으로 고개를 끄덕이고, 정중하게 진찰한 뒤 나를 다시 돌아보고는 말했다.

"사모님은 완쾌됐습니다. 이제 환자가 아니죠. 그러니 이제부턴 무얼 드시든, 무얼 하시든 오케입니다."

이번에도 이상한 말투로 얘길 해서 나는 웃음이 터지는 걸 참느라 애먹었다.

의사를 현관까지 배웅하고 방으로 돌아와 보니 어머니는 이불 위에 앉아 계셨다.

"정말 명의시다. 나는 이제 다 나았어."

아주 말간 얼굴에 부드러운 눈빛으로 앞을 바라보며 혼잣말을 하듯 말씀하셨다.

"어머니, 창문을 좀 열까요? 눈이 오고 있어요."

탐스러운 함박눈이 벚꽃잎 흩날리듯 나풀나풀 떨어지기 시작했다. 나는 창문을 열고 어머니와 나란히 앉아 유리문 너머 이즈의 눈을 바라보았다.

"이젠 아프지 않아."

어머니는 다시 혼잣말처럼 말씀하셨다.

"이렇게 앉아 있으면 옛일이 모두 꿈이었던 것 같아. 실은 난 말이야, 막상 이사할 때가 돼서 이즈로 떠나오기가 아무리 맘을 바꾸려 애써봐도 싫었어. 니시카타초의 그 집에서 하루라도, 아니 반나절 동안만이라도 더 있고 싶었어. 기차에 올라탔을 때는 거의 절반은 이미 산 사람이 아니었지. 여기 도착했을 때도 처음에만 잠깐 정신이 들었을 뿐 날이 어둑해지니까 벌써 도쿄가 그리워서 가슴이 타들어 가는 것 같아 제정신이 아니게 된 거야. 보통 병이 아니지. 신께서 날 한번 죽이고는 어제까지와는 다른 나로 다시 환생시켜주신 거야."

그 뒤 오늘까지 우리 두 사람만의 산장 생활이 그럭저럭 큰일 없이 평안하게 계속되었다. 마을 사람들도 우리에게 친절히 대해주었다. 이곳으로 이사 온 것은 작년 12월이고 그 뒤로 1월, 2월, 3월, 4월 들어 오늘에 이르기까지, 우리는 식사 준비 외에는 대부분 툇마루에서 뜨개질을 하거나 중국식 응접실에서 책을 읽거나 차를 마시면서 거의 세상사와 동떨어진 생활을 했다. 2월은 매화의 달로 이 마을 전체가 매화로 뒤덮인다. 3월이 되어도 바람이 자는 따뜻한 날이 많았기 때문에 활짝 핀 매화들이 전혀 시들어 떨어지지 않고 3월 말까지 아름답게 웃고 있었다. 아침에도, 점심때도, 저녁에도, 밤에도 매화는 탄식이 흘러나올 정도로 아름다웠다.

그리고 툇마루의 유리문을 열면 언제나 꽃향기가 방 안

으로 물밀듯 흘러들어왔다. 3월이 끝나갈 때는 저녁이 되면 꼭 바람이 불어 식당에서 찻잔을 나르고 있자면, 창문을 통해 매화 꽃잎이 바람에 날려와 찻잔 속에 떨어져 젖어 들었다. 4월에 어머니와 툇마루에서 뜨개질하며 나누는 이야기는 대개 밭농사 계획이었다. 어머니도 거들겠다고 하신다. 잠깐, 이렇게 적고 보니, 언젠가 어머니가 말씀하신 것처럼 한번 죽었다가 또 다른 나로 다시 환생한 것 같기도 한데, 예수처럼 부활하는 건 우리 인간에게는 불가능하지 않은가. 어머니는 밭일도 거들겠다 말씀하시면서도, 또다시 수프를 한 숟가락 뜨고는 나오지를 떠올리며 아, 한숨을 내쉬신다. 그러니 내 과거의 상흔도 실은 조금도 아물지 않았던 것이다.

아아, 무엇 하나 남김없이 모두 털어놓고 싶다. 이 산장의 평온은 전부 꾸며진 허식에 불과하다고, 나는 남몰래 생각할 때도 있다. 이 시간이 우리 모녀가 신에게 부여받은 찰나의 휴식 기간이었다 하더라도, 이미 이 평화에는 뭔가 불길한 그림자가 밀물처럼 밀려드는 것 같아 불안해 견딜 수가 없다. 어머니는 행복을 가장하면서도 하루하루 쇠약해지고, 내 가슴속에는 살무사가 똬리를 틀고 앉아 어머니를 집어삼키면서 점점 더 살이 쪄서, 내가 짓누르고 또 눌러도 계속 커져만 간다. 아아, 이런 내 불안을 그저 계절 탓으로 돌릴 수만 있다면 좋겠다. 내겐 이 무렵, 이런 생활을 견디기 어렵게 만드는 일이 있었다. 뱀의 알을 태우는 경솔한 짓을 한 것도 그런 내 초조함을 보여주는 것이다. 그러고는 그저 어머니를 더욱 슬프게 하고 몸을 더 쇠잔하게 만들 뿐이었다.

'사랑'이라는 글자를 쓴 다음부턴, 아무 말도 쓸 수 없게 됐다.

2

  뱀 알 사건이 있고 열흘 정도 지나면서 불길한 일들이 잇
달아 일어나 어머니를 더 깊은 슬픔 속에 빠뜨리고 숨통을
옥죄었다.

  내가 불을 내고 말았다.

  내가 집에 불을 내다니. 내 생애에 그런 무서운 사건이 일
어나리라곤 태어나서 지금까지 꿈에서조차 상상하지 못
했다.

  불을 소홀히 다루면 큰일 난다는 지극히 당연한 이치도
깨닫지 못할 정도로 나는 철부지 '아씨'였던가.

  한밤중에 화장실에 가려고 일어나 현관 중문 근처까지
갔더니 욕실 쪽이 밝았다. 아무 생각 없이 흘깃 보았더니
욕실 유리문이 시뻘겋고 빠지직빠지직 하는 소리가 들린
다. 종종걸음으로 달려가 욕실 문을 열고 서둘러 밖으로 나
와 보았더니 욕실 가마 옆에 쌓아둔 장작더미가 맹렬한 기

세로 타고 있다.

마당에서 이어진 아래 농가로 달려가, 있는 힘껏 문을 두드리며 외쳤다.

"나카이 씨! 일어나보세요. 불이 났어요!"

나카이 씨는 이미 잠자리에 든 모양이었지만 "네, 곧 나가지요" 하고는, 내가 제발요, 빨리요, 하고 재촉하는 새 잠옷 바람으로 뛰어나왔다. 둘이서 불이 타오르고 있는 곳으로 달려가 양동이로 연못 물을 퍼 올리기 시작했는데, 방 앞의 복도 쪽에서 아아, 아아 하는 어머니의 비명이 들렸다. 나는 양동이를 집어던지고 정원에서 복도로 뛰어 올라갔다.

"어머니, 너무 걱정마세요. 괜찮아요. 그냥 그대로 계세요."

거의 쓰러질 듯한 어머니를 부축해 자리에 다시 뉘어드리고, 다시 불이 난 곳으로 달려가 이번엔 욕탕 물을 퍼서 나카이 씨에게 건네고, 나카이 씨는 그것을 장작더미에 퍼부었는데, 불길이 너무 강해 그 정도로는 잡힐 성싶지 않았다.

"불이야, 불이 났어! 산장에 불이 났다!"

외치는 소리가 아래쪽에서 들리자마자 마을 사람들 네다섯 명이 울타리를 부수고 뛰어 들어왔다. 그러곤 울타리 밑에 저장해둔 물을 이어달리기 하듯이 양동이로 퍼 옮겨 2, 3분 사이에 불길을 잡아주었다. 조금만 늦었으면 욕실 천장으로 불길이 옮겨붙을 참이었다.

다행이다, 한숨을 내쉬는 순간 나는 이 화재의 원인에 생각이 미처 숨이 턱 막혔다. 그제야 비로소 이 화재 소동은 내가 전날 저녁, 타다 남은 장작을 욕실 가마 속에서 꺼내 완전히 꺼졌다고만 생각하고 장작더미 옆에 놓아두었기 때문에 일어났다는 사실을 깨달았다. 원인이 내 부주의였다는 걸 알고는 울음이 터질 것 같아 꼼짝도 못 하고 서 있는데, 앞집 니시야마 씨네 며느리가 울타리 밖에서 욕실이 새까맣게 다 타버렸네, 가마 속의 불을 제대로 끄지 않아서 그래, 하고 큰 소리로 말하는 소리가 들렸다.

촌장인 후지타 씨, 경찰관 니노미야 씨, 소방단장 오우치 씨 등이 찾아왔는데, 후지타 씨는 평상시와 다름없는 상냥한 미소를 지으며 물었다.

"많이 놀랐죠? 어떻게 된 거예요?"

"제가 잘못했어요. 다 꺼진 줄 알고 장작을……."

입을 떼는 순간, 너무 비참해서 눈물이 쏟아져 더는 말을 잇지 못하고 고개를 떨군 채 입을 다물었다.

경찰에 연행되어 죄인으로 낙인찍힐지도 모른다는 생각이 들었다. 잠옷 바람에 엉망이 된 몰골에다 맨발로 서 있는 내 모습이 갑자기 부끄러워, 이젠 정말 끝장이라고 생각했다.

"어머니는 괜찮아요?"

후지타 씨는 위로해주려는 듯 조용히 물었다.

"방에 눕혀드렸어요. 너무 놀라셔서……."

"그래도 거처까지 불길이 번지지 않아 다행이에요."

젊은 순경 니노미야 씨도 위로해주었다.

그러는 동안에 아랫집 나카이 씨가 옷을 갈아입고 다시 나와 숨을 헐떡거리며 내가 저지른 실수를 감싸주었다.

"아니 뭐, 장작이 약간 탄 것뿐이에요. 화재라고 할 것까지도 없어요."

"그렇습니까, 잘 알았습니다."

촌장인 후지타 씨는 고개를 거푸 끄덕이더니 니노미야 순경과 뭔가 작은 소리로 이야기를 주고받았다.

"그럼, 돌아가겠습니다. 어머니께도 잘 말씀드리고 돌봐드리세요."

그러더니 그대로 소방단장 오우치 씨와 함께 돌아갔다.

니노미야 순경만 뒤에 남아서 내 앞으로 걸어와서는 숨이라도 내쉬는 듯 낮은 목소리로 말했다.

"그럼 말이죠, 오늘 일은 따로 상부에 보고하진 않겠습니다."

니노미야 순경이 돌아가고 나서 아랫집 나카이 씨가 걱정스러운 얼굴로 물었다.

"니노미야 씨가 뭐라고 하던가요?"

"상부에 보고는 않겠다고……."

내가 대답하자, 울타리 쪽에 모여 서 있던 이웃 사람들이 내 말을 듣고는, 그래요? 다행이군, 다행이야, 하고 한마디씩 하며 천천히 집으로들 내려갔다.

나카이 씨도 내게 안녕히 주무시라며 인사를 하고 돌아갔다. 나 혼자 우두커니 다 타버린 장작더미 옆에 서서 눈물을 글썽이며 하늘을 올려다보았더니, 새까맣던 하늘이 어느새 부옇게 번져갔다.

욕실에서 손과 발, 얼굴을 씻고는 어머니 낯을 뵙기가 두려워 욕탕 앞 공간에서 머리를 매만지며 머뭇거리다가 부엌으로 가서 날이 샐 때까지 별로 정리할 것도 없는 부엌 식기들을 만지작거리며 챙겼다.

날이 밝고 나서 방 쪽으로 살금살금 발소리를 죽여 가보니, 어머니는 어느새 말끔히 옷을 갈아입고 응접실 의자에 피곤한 듯 기대어 앉아 계셨다. 나를 보곤 빙긋 웃어 보이셨는데 그 얼굴은 머리카락이 쭈뼛 설 정도로 창백했다.

난 웃지도 못하고 그대로 말없이 어머니가 앉아 계신 의자 뒤에 가서 섰다. 잠시 그렇게 있었더니 어머니가 입을 떼셨다.

"아무것도 아닌 일이었어. 어차피 태울 장작이었잖아."

그 순간, 나는 이내 가슴이 가벼워져 아, 하고 웃었다. '알맞게 표현된 말은 은쟁반에 담긴 황금 사과와 같다'라는 성경의 〈잠언〉에 나오는 구절을 떠올리고는, 이렇게 고운 어머니를 둔 행복을 신께 진심으로 감사드렸다. 어젯밤 일은 어젯밤 일로 끝이다. 더는 고민하지 말자, 생각하고 응접실 유리문 너머로 이즈의 아침 바다를 바라보며 한동안 어

머니 뒤에 서 있자니, 나중엔 어머니의 고요한 숨소리와 내
숨소리가 하나가 됐다.

　가볍게 아침 식사를 끝낸 후 타버린 장작더미를 정리하
고 있는데 이 마을의 단 하나뿐인 여관의 주인 오사키 아주
머니가 정원의 싸리문을 열고 잰걸음으로 들어왔다.

　"어찌 된 일이에요? 어떻게 됐어요? 난 이제야 그 소식을
듣고, 어젯밤에 도대체 무슨 일이 난 거예요?"

　그 두 눈엔 벌써 눈물이 그렁그렁했다.

　"죄송해요."

　내가 작은 목소리로 사과했다.

　"죄송하다니 무슨, 그보다도 아가씨, 경찰서에서는 아무
말 없었어요?"

　"괜찮대요."

　"아이고, 다행이네."

　내 말에 그제야 정말 마음이 놓인다는 표정을 지었다. 나
는 오사키 아주머니에게 모든 마을 분들에게 어떤 식으로
답례하고 사죄해야 좋을지 여쭤보았다. 아주머니는 아무래
도 돈이 좋겠다며, 인사를 드려야 할 집들을 가르쳐주었다.

　"그래도, 아가씨 혼자 돌기 뭐하면 나도 같이 다녀줄게요."

　"혼자서 가는 게 좋겠죠?"

　"혼자 다닐 수 있겠어요? 그럼 혼자 가는 게 낫지."

　"그럼 저 혼자 갈게요."

그러고 나서 오사키 아주머니는 잿더미 청소도 잠깐 도와주었다.

정리를 끝내고 나는 어머니께 돈을 받아 백 엔짜리 지폐를 한 장씩 미농지로 싸고 종이 위에 '사죄의 뜻'이라고 썼다.

제일 먼저 마을 사무소로 갔다. 촌장인 후지타 씨가 외출 중이어서 접수계에 있는 여직원에게 종이 꾸러미를 건네고 사죄했다.

"어젯밤엔 정말 죄송했습니다. 이제부턴 각별히 유의할 테니 너무 심려치 마시라고 촌장님께 말씀 좀 여쭈어주세요."

그러고 나서 소방단장 오우치 씨 댁으로 갔더니 오우치 씨가 현관으로 나와 나를 보곤 말없이 애처로운 미소를 지으셔서 갑자기 눈물이 쏟아질 것 같았다.

"어젯밤엔 정말 죄송했습니다."

겨우 이렇게 말하고 서둘러 발길을 돌려 나오는데 도중에 기어이 눈물이 쏟아져 얼굴이 엉망이 되어버렸다. 일단 집으로 돌아와 얼굴을 씻고 화장을 고치고 나서 다시 나가려고 현관에서 신을 신고 있는데, 어머니가 나와 물으셨다.

"아직, 갈 데가 남았니?"

"네, 이제 시작인걸요."

나는 고개를 숙인 채 대답했다.

"네가 수고하는구나."

깊이 가라앉은 목소리였다.

어머니의 다독임에 힘을 얻어, 이번엔 마을을 도는 동안 한 번도 울지 않고 전부 일을 끝낼 수 있었다. 구청장 댁에 갔더니 구청장님은 안 계시고 며느리가 나왔는데, 날 보자마자 그녀가 먼저 울먹이며 위로해주고, 또 경찰서에서는 니노미야 씨가 다행이라고 말해주었다. 모두 다정하고 좋은 분들이다. 바로 이웃 사람들의 집들을 차례로 돌았는데 모두 동정해주고 따뜻하게 감싸주었다. 다만 앞집 니시야마 씨네 며느리, 내가 이렇게 부르긴 해도 그분은 이미 사십 줄에 접어든 아주머니였는데 그분에게만은 한참 동안 주의를 들었다.

"이제부터라도 각별히 신경을 좀 써주세요. 황족인지 뭔지는 모르겠지만, 나는 그전부터 당신들의 그 소꿉놀이 같은 생활이 어째 불안하다 생각했어요. 꼭 어린애 둘이 사는 것 같았는데, 지금까지 불 안 내고 버틴 게 용하지. 정말이지 이제부턴 정신 바짝 차리고 살아야 해요. 어젯밤에도 말이야 당신, 바람이라도 강하게 불었더라면 마을 전부가 홀랑 잿더미가 됐을 거라고."

니시야마 씨네 며느리는 아랫집 나카이 씨가 촌장님과 니노미야 순경 앞으로 뛰어나와 화재랄 것도 없다고 말하며 날 감싸주던 데 반해, 울타리 밖에서 욕실이 홀랑 다 타버렸다는 둥, 가마 속의 불씨를 잘 잡지 않아서 그렇다는 둥, 큰 소리로 떠들어댄 바로 그 사람이다. 하지만 나는 니시야마 씨네 며느리가 늘어놓는 긴 잔소리도 주의 깊게 들었다. 모두 맞는 말이라 생각했다. 눈곱만큼도 그 아주머니를 원망하지 않는다. 어머니는 어차피 태울 장작이라고 농담처럼 말씀하시며 날 위로해주셨지만, 어젯밤에 바람이 세게 불었으면 니시야마 씨네 며느리가 말한 대로 이 마을 전체가 그야말로 잿더미가 되었을지도 모른다. 그리됐더라면 난 목숨을 끊는 걸로 사죄해도 모자란다. 내가 죽으면 우리 어머니도 혼자 살아가실 수는 없을 테고, 또 그건 돌아가신 아버지의 이름을 더럽히는 일이기도 하다. 요즘엔 이미 황족도, 화족도 대단한 건 아니지만 그래도 어차피 영락해갈 존재라면 화려하게 사라지고 싶다. 온 마을에 불이나 내고 그 죗값으로 스스로 목숨을 끊다니, 그렇게 비참하게 죽어야 한다면 죽어서도 눈을 감지 못할 거다. 아무튼 정신을 바짝 차리고 살아야 한다.

다음 날부터 나는 밭일에 힘을 쏟았다. 아랫집에 사는 나카이 씨 딸이 와서 가끔 도와주기도 했다. 한밤중에 불을 내는 추태를 부린 다음부터는 내 몸속에 흐르는 피가 조금은 더 검붉어진 것 같은 느낌이 들었는데 그전에는 내 가슴속에 사악한 살무사가 살고, 이번에는 핏빛도 진해졌기 때문에, 점차 야성의 시골 여자가 되어가는지 어머니와 툇마루에서 뜨개질 따위를 하고 있어도 이상하게 따분하고 답답해 오히려 밭에 나가 땅을 파헤치고 싶은 기분이 들 정도였다.

육체노동이라는 게 이런 걸까. 이렇게 힘을 쓰는 일이 내게 처음은 아니다. 전쟁이 났을 때 징용되어 건설 현장에서 달구질을 한 적이 있다. 지금 발에 신고 나온 지카타비*도 그때 군에서 배급받은 것이다. 지카타비라는 것을 그때 태어나서 처음 보았다. 놀랄 만큼 착용감이 좋아서 지카타비를 신고 정원을 걷다 보면 날짐승이 땅 위를 깡충댈 때의 경쾌함이 그대로 전달되는 듯 재미있었다. 전쟁 중의 즐거운 기억이라곤 단지 그것 하나다. 생각해보면 전쟁이란 건 부질없는 짓이다.

작년엔 아무 일이 없었다.
재작년엔 아무 일이 없었다.
그 전 해 역시 아무 일도 없었다.

이런 재밌는 시가 종전 직후 어느 신문에 실렸는데, 정말이지 지금 생각해보면 여러 일이 있었다는 생각이 들면서도, 역시 아무 일도 없었다는 말에 공감하게도 된다. 전쟁의 추억이란 건 말하기도, 듣기도 싫다. 사람들이 그렇게나 많

---

* 일본식 버선인 다비 모양 신발에 고무 밑창을 댄 노동용 작업화

이 죽었는데도 진부하고 지루하다. 하지만 역시 난 내 생각만 하는 사람인지, 내가 징용되어 지카타비를 신고 건설 현장 노동을 해야 했을 때만큼은 진부하게 느껴지지 않는다. 정말 끔찍하게 싫다고 생각한 적도 있지만 한편으로 그 달구질 덕분에 몸이 아주 건강해져서 앞으로 점점 더 생활이 어려워지면 건설 현장에 나가 달구질로 밥벌이를 하겠다는 생각까지 들 정도다.

전쟁 상황이 점차 절망으로 치달을 때, 군복 비슷한 옷을 입은 남자가 니시카타초의 집으로 찾아와서 내게 징용 쪽지와 노동 할당일이 적힌 종이를 건넸다. 노동일이 적힌 종이를 보니, 나는 그다음 날부터 하루건너 다치카와 인근의 산으로 나가 일을 하게 되어 있었다. 나도 모르게 두 눈에서 눈물이 쏟아졌다.

"대리인을 보내면 안 될까요?"

눈물이 멎지 않아 계속 훌쩍거렸다.

"군에서 당신 앞으로 발부되었으니 반드시 본인이 가야 합니다."

그 남자는 강경하게 말했다.

나는 가기로 결심했다.

다음 날은 비가 내렸는데, 우리는 다치카와 산등성이에 줄지어 서서 우선 장교의 설교를 들었다.

"전쟁에 임해서는 반드시 승리해야 한다."

장교는 이렇게 운을 뗐다.

"전쟁에선 반드시 승리하겠지만 여러분이 군의 명령에 따라 역할을 다하지 않으면, 작전에 지장을 초래하여 오키나와와 같은 결과를 맞게 될 것이다. 반드시, 지시받은 만큼의 일은 완수해주기를 바란다. 그리고 이 산에도 스파이가 잠입해 있을지도 모르니 서로 주의하도록. 여러분도 지금부터는 군대와 마찬가지로 진지 내에 투입되어 역할을 수행하는 것이니 진지의 상황은 절대 발설하는 일이 없도록, 이 점 명심해주기를 바란다."

산에는 앞에 뿌옇게 비가 내리고, 남녀가 한데 섞여 500명 가까운 사람들이 그대로 서서 비를 맞으며 그 말을 들었다. 사람들 중에는 열 살도 안 돼 보이는 아이들도 섞여 있었는데, 모두 추위에 질려 당장이라도 울음을 터뜨릴 것 같은 얼굴이었다. 비는 비옷을 뚫고 들어와 상의를 적시고 마침내 속옷까지 흠뻑 젖게 할 정도였다.

하루 종일 삼태기 같은 것을 둘러메고 짐을 날랐는데, 돌아오는 전차 속에서는 계속해서 눈물이 나 혼났다. 그다음에는 달구질을 해야 했다. 그나마 내겐 그 일이 재미있다면 재미있었다.

두 번, 세 번 산에 가는 동안에, 남자아이들이 내 모습을 기분 나쁘게 힐끔힐끔 쳐다보는 것을 느꼈다. 그러던 어느 날 삼태기를 들쳐 메고 나르는데, 남학생 두세 명이 내 곁을 지나치다가 그중 한 명이, "쟤가 스파이야?" 하고 작은 목소리로 말하는 것을 듣고 소스라치게 놀랐다.

"왜 저런 말을 하는 거지?"

나는 나와 나란히 삼태기를 메고 걷던 어린 여자아이에게 물었다.

"외국 사람 같으니까."

어린 여자아이는 또박또박 대답했다.

"너도 날 스파이라고 생각하니?"

"아니."

이번엔 살짝 웃으며 대답한다.

"나, 일본 사람이야."

이렇게 말하고서 내가 생각해도 그 말이 너무나 난센스 같아 혼자서 피식 웃고 말았다.

어느 화창한 날, 아침부터 남자들과 함께 통나무를 나르는데, 감시하고 섰던 젊은 장교가 얼굴을 찌푸리고 나를 지목했다.

"어이, 여봐. 당신은 이쪽으로 와."

그는 뚝뚝하게 말을 던지고 쌩하니 숲속으로 걸어갔다. 나는 불안과 공포로 가슴을 죄며 그 뒤를 따라갔다. 그곳에는 숲속 제재소에서 갓 잘려 나온 판자들이 쌓여 있었다.

장교는 그 앞에 가 서더니 내 쪽을 획 돌아보았다.

"매일매일 피곤하죠. 오늘은 그냥 이 나무들만 잘 지켜보고 있으면 돼요."

그러면서 흰 이를 드러내고 웃었다.

"여기에 그냥 서 있는 건가요?"

"여기는 시원하고 조용하니까 이 나무판자 위에서 낮잠이라도 좀 자요. 혹시 지루해지면 여기, 이건 좋아할지 모르겠지만……."

상의 주머니에서 작은 문고판 책을 꺼내 수줍은 듯이 판자 위에 던졌다.

"이런 거라도 읽고 계세요."

문고판 책에는 '트로이카'라고 적혀 있었다.

나는 그 책을 집어 들고 말했다.

"고마워요. 우리 집에도 책벌레가 있어서요, 지금은 남쪽 지방에 가 있지만."

그는 내 말을 잘못 알아들은 모양이었다.

"아아, 그래요. 남편 말씀이군요. 남쪽 지방이라면, 고생하시겠네" 하고 고개를 흔들더니 조용한 목소리로 말했다.

"아무튼 오늘은 여기서 감시병 역할만 하고, 도시락은 나중에 제가 갖다 드릴 테니 좀 쉬세요."

말을 맺고는 서둘러 돌아갔다.

나는 판자 위에 앉아 책을 읽었는데 절반 정도 읽었을 무렵 그 장교가 터벅터벅 발소리를 내며 왔다.

"도시락 가져왔어요. 혼자서 심심하죠?"

한마디 묻고는, 대답하기도 전에 도시락을 풀 위에 얹어놓고 돌아갔다.

도시락을 다 먹고 나서 이번에는 판자 위에 드러누워 책을 마저 다 읽고는 깜빡 낮잠에 빠졌다.

눈을 뜨니 오후 3시가 넘었다. 문득 그 젊은 장교를 전에 어디선가 본 것 같다는 생각이 들어, 곰곰이 기억을 더듬어보았지만 기억나지 않았다. 판자에서 내려와 머리를 매만지고 있는데 다시 터벅터벅 구두 소리가 들렸다.

"야아, 오늘 수고하셨습니다. 이제 집에 가도 됩니다."

나는 장교 앞으로 달려가 책을 건네면서 고맙단 말을 하려 했지만 말이 나오지 않아, 잠자코 장교의 얼굴을 올려다보았다. 서로 눈이 마주쳤을 때 내 눈에선 그만 눈물이 또르르 굴러떨어졌다. 그러자 장교의 눈에도 눈물이 말갛게 비쳤다. 그 장교와는 그대로 말없이 헤어졌는데 그는 이후로 단 한 번도 내가 일하는 곳에 얼굴을 비치지 않았다. 나는 그날 딱 하루 쉴 수 있었을 뿐, 그다음 날부터는 이전과 마찬가지로 하루건너 하루씩 다치카와 산에서 중노동을 해야 했다. 어머니는 자꾸만 내 몸 상태를 걱정하셨지만 나는 오히려 튼튼해져서 지금은 달구질도 거뜬히 해낼 자신이 생겼고, 또 밭일도 특별히 힘들어하지 않는 여자가 됐다.

전쟁에 대한 이야기는 말하기도, 듣기도 싫다고 하면서도 결국 내 '귀중한 체험담'이랍시고 털어놓게 되었지만, 내 전

쟁 추억 중에 잠깐이라도 언급하고 싶은 것은 그저 그 정도
이고 나머지는 모두 그 시와 같다.

　작년엔 아무 일이 없었다.
　재작년엔 아무 일이 없었다.
　그 전 해 역시 아무 일도 없었다.

　그저 그렇게, 허무하게 내 몸에 남은 건 이 지카타비 한
켤레뿐인 무상함이다.
　지카타비에 대해 설명하려다 결국 쓸데없는 이야기를 꺼
내 여기까지 왔는데, 나는 유일한 전쟁 기념품이라고도 할
만한 지카타비를 신고, 매일매일 밭에 나가 남몰래 품고 있
는 가슴속의 불안과 초조를 희석했지만, 어머니는 이 무렵
하루 또 하루, 눈에 띄게 쇠약해지시는 것 같다.
　뱀 알.
　화재.
　그 무렵부터 어머니는 정말로 병색이 완연했다. 그리고
나는 어머니와는 반대로, 점점 더 거칠고 천박한 여자가 되
어가는 느낌마저 들었다. 아무래도 내가 어머니로부터 야
금야금 생기를 뽑아내 먹고, 살을 찌워가는 것 같아 견딜
수 없다.
　불이 났을 때도 어머니는 태워버릴 장작이었다고 농담

처럼 대수롭지 않게 말씀하시고, 그 후론 화재에 대해서 한마디도 입에 올리지 않으며 날 배려해주셨지만, 어머니가 받은 충격은 분명 내가 겪은 것보다 열 배는 컸을 것이다. 불이 난 다음부터 어머니는 한밤중에 가끔 신음을 낼 때도 있고, 특히 바람이 세차게 부는 밤에는 화장실에 가는 척하며 몇 번이나 잠자리에서 일어나 집 안을 돌아다니신다. 안색은 언제나 창백해서 걷는 것조차 아슬아슬해 보이는 날도 있다. 하루는 밭일을 거들고 싶다고 하셔서 내가 그만두시라고 했는데도 대여섯 번이나 우물에서 커다란 두레박으로 물을 길어 밭까지 가져오시곤, 다음 날 일어나지 못할 정도로 어깨가 결린다며 종일 거동을 못 하셨다. 그 일이 있은 뒤부터는 밭일은 깨끗이 단념하신 눈치로, 그저 가끔 밭에 나오셔도 내가 움직이는 것만 잠자코 지켜볼 뿐이다.

"여름에 피는 꽃을 좋아하는 사람은 여름에 죽는다는데, 정말 그럴까?"

오늘도 어머니는 내가 밭일하는 걸 쳐다보다가 불쑥 그런 말씀을 하셨다. 나는 가지에 물을 주고 있었다. 아아, 그러고 보니 벌써 초여름이구나.

어머니는 조용하게 다시 말씀하셨다.

"나는 자귀나무꽃을 좋아하는데, 이 정원에는 한 그루도 없어."

"대신 협죽도가 많잖아요."

나는 일부러 퉁명스럽게 내뱉었다.

"그건, 싫어. 여름에 피는 꽃은 거의 다 좋아하지만, 그건 너무 경박스러워 보여."

"난 장미가 좋아요. 하지만 그건 사계절 피는 거니까, 장미를 좋아하는 사람은 봄에 죽고, 여름에 죽고, 가을에 죽고, 또 겨울에도 죽겠네. 그럼 네 번이나 죽고, 죽고, 또 죽어야 해요?"

우리 둘은 웃었다.

"조금 쉬지 않을래?"

어머니는 여전히 웃으며 말씀하셨다.

"오늘은 가즈코와 좀 상의할 게 있어."

"뭔데요? 죽는 얘기라면 싫어요."

나는 어머니를 따라서 등나무 덩굴 아래 그늘진 벤치에 나란히 앉았다. 등나무꽃은 이미 지고 부드러운 오후의 햇살이 잎사귀를 통해 내 무릎 위로 떨어져, 어머니와 내 무릎을 초록으로 물들였다.

"그전부터 하고 싶은 얘기였는데, 우리 서로 기분이 좋을 때 하려고 오늘까지 기다렸어. 그다지 좋은 이야기는 아니야. 웬지 오늘은 나도 맘 편히 이야기할 수 있을 것 같은 기분이어서 그러니까 음, 너도 끝까지 잘 좀 들어줬으면 좋겠어. 사실 말이야, 나오지는 살아 있단다."

나는 온몸이 얼어붙었다.

"5, 6일 전에 와다의 외삼촌한테 연락이 왔어. 예전에 외삼촌 회사에서 일했던 사람이 최근에 남쪽 지방에서 돌아와 외삼촌 계신 곳으로 인사를 왔는데 그때 이런저런 얘기 끝에 우연히도 나오지와 같은 부대에 있었다고, 그래서 나오지는 무사하다고, 이제 곧 돌아올 거라고 했대. 그런데 한 가지 영 마음에 걸리는 게 있어. 그 사람 얘기로는 나오지가 아주 심한 아편 중독 상태였대……."

"또!"

나는 떫은 감을 씹은 것처럼 입을 일그러뜨렸다. 나오지는 고등학교 다닐 적에 어떤 소설가 흉내를 내며 마약에 빠져 약국에 어마어마하게 큰 빚을 진 적이 있다. 어머니가 그 빚을 다 갚는 데 꼬박 2년이나 걸렸다.

"그래. 또다시 시작한 것 같아. 하지만 그걸 끊기 전에는 집에 돌아오지 못할 테니까 어떻게든 끊고 올 거라고, 그 사람이 말했대. 외삼촌 편지에는 중독을 치료하고 온다 하더라도 그런 정신 상태로는 곧바로 어디 취직할 수도 없다, 지금의 이 혼란스러운 도쿄에서 일하려면 정신이 제대로 박힌 사람들도 머리가 돌 지경이다, 이제 막 중독에서 벗어난 환자라면 정신을 못 차릴 거다, 그러니 나오지가 돌아오면 곧 이즈의 산장으로 불러들여 다른 데엔 내보내지 말고 당분간 요양하도록 하는 게 좋다, 이런 얘기가 있었어. 그리고 저기 가즈코, 외삼촌이 또 한 가지를 당부했어. 그게, 이제 우리가 쓸 돈이 하나도 남지 않았대. 예금 지불 봉쇄령*이 내려진 데다가, 재산세는 또 그대로 납부해야 하기 때문에 이제 외삼촌도 지금까지 해왔던 것처럼 우리에게 돈을 부쳐주는 일이 아주 곤란해졌대. 그래서 말이야, 나오지가 돌아와서 나와 나오지, 가즈코 세 사람이 그냥 놀고 먹기만 하면 외삼촌도 도저히 그 생활비를 충당하기가 어려워지니, 이제라도 너를 출가시킬 만한 곳을 찾든가, 아니면 살림을 봐줄 집을 찾든가 어느 쪽으로든 하라고 당부하셨단다."

"남의집살이요? 하녀가 되란 말씀이에요?"

"아니, 외삼촌은 말이야, 저 있잖니, 고마바의 그…….."

어머니는 어느 황족의 이름을 꺼내셨다.

"그 황족이라면 우리 집안과도 혈연관계니, 그 댁 따님의 가정 교사를 겸해서 살림을 좀 봐준다고 해도, 네가 그렇게 처량하고 불편하게 생각지 않고 지낼 수 있을 거라고 했어."

"다른 데 일할 자리는 없을까요?"

"다른 직업은 가즈코한테는 너무 힘들 거라고 하셨어."

"왜 힘들어요? 네? 뭐가 힘들어요?"

---

* 1946년 2월 17일 금융 긴급 조치령 시행에 따라 저축 예금은 인출을 제한하고 일정한 범위에서만 현금 지불을 허용한 정책

어머니는 쓸쓸한 미소를 지으며 뭐라고도 대답하지 않으셨다.

"싫어요! 난 그런 얘기."

소리를 버럭 질러버렸지만 속으로는 아주 못된 말이라고 생각했다. 하지만 멈출 수 없었다.

"내가, 이런 지카타비를, 이런 지카타비를……."

말을 꺼내는 순간 눈물이 쏟아져 그만 왈칵 터뜨리고 말았다. 얼굴을 쳐들고 눈물을 손등으로 문지르면서 어머니에게 그러면 안 돼, 안 된다고 생각하면서도 내 머리와 육체가 마치 완전히 별개인 양 계속해서 못된 말이 쏟아져 나왔다.

"언젠가 어머니가 말했잖아요. 가즈코가 있으니까, 제가 곁에 있어주니까 어머니는 이즈로 올 수 있었다고. 가즈코가 없으면 죽어버리겠다고 말씀하셨잖아요. 그래서 그 말 때문에 저는 다른 어디에도 가지 않고, 어머니 곁에서 이렇게 지카타비를 신고 어머니께 맛있는 채소를 따다 드려야지, 오로지 그 생각만으로 지금까지 지내왔는데, 나오지가 돌아올 거란 말을 들으시고는 이제는 절 보고 황족의 하녀로 가라니, 너무하잖아요. 정말 너무해요."

나도 지나치다고 생각하면서도 말이 완전히 별개의 생물처럼 내 마음과는 달리 멈추지 않았다.

"살림이 어려워지고 돈이 다 떨어졌으면 우리가 가진 옷

가지라도 내다 팔면 되잖아요. 이 집도 팔아버리면 되잖아요. 전 뭐라도 할 수 있다고요. 이 마을 사무소 여직원이라고 못 할 줄 아세요? 뭐든 다 할 수 있다고요. 마을 사무소에서 받아주지 않으면 공사장에서 달구질이라도 하면 되지요. 가난쯤이야 아무것도 아니에요. 어머니만 날 보듬어주신다면 남은 평생 어머니 곁에서 어머니를 보살펴드리겠다는 마음뿐인데, 어머니는 나보다 나오지를 더 생각하시잖아요. 좋아요, 나가지요. 어차피 난 나오지와는 옛날부터 성격이 맞지 않았기 때문에 세 사람이 함께 사는 건 피차 불행할 거예요. 나는 지금까지 오랫동안 어머니와 함께 살았으니 이젠 미련 같은 건 없어요. 이제부터 나오지가 어머니와 단둘이 살면서 아침부터 밤까지 극진히 모시면 되겠네요. 난 이제 아주 지겨워졌어요. 지금까지의 이런 생활이 이젠 신물이 난다구요. 나가지요. 지금 당장 나가겠어요. 나도 갈 데가 있다고요."

나는 벌떡 일어섰다.

"가즈코!"

어머니는 낮게 깔리는 엄숙한 목소리로 날 부르시고 지금껏 우리 앞에 보인 적이 없던 위엄 있는 얼굴로, 자리에서 일어나 나를 마주 보셨다. 그때 어머니는 나보다 키가 약간 더 커 보였다.

나는 그 자리에서 잘못했다고 사과하고 싶었지만 그 말

은 도저히 입 밖으로 나오지 않고 오히려 엉뚱한 말이 튀어
나왔다.

"속인 거예요. 어머니는 날 속인 거라고요. 나오지가 올
때까지 날 이용하신 거예요. 나는 어머니의 하녀였지요. 볼
일 다 봤으니 이젠 황족의 집으로 꺼지라고?"

비명을 지르듯 소리를 치고 나는 그대로 선 채 울음을 터
뜨렸다.

"너, 정말 바보구나."

낮게 깔린 어머니의 음성은 노여움으로 떨렸다.

나는 다시 얼굴을 쳐들고 정말 바보 같은, 당치도 않은 소
릴 쏟아냈다.

"그래요. 바보예요. 바보니까 지금까지 속아 넘어간 거죠.
바보니까 이젠 필요 없어진 거겠죠. 없어지는 게 낫죠? 가
난? 그게 뭐죠? 돈? 그게 뭐냐고요. 난 아무것도 몰라요. 애
정이요, 어머니의 애정을, 그거 하나만 믿고 지금껏 살아온
거란 말이에요. 난!"

어머니는 고개를 획 돌리셨다. 울고 계셨다. 나는 죄송하
다, 말하고 어머니 품으로 달려들고 싶었다. 하지만 밭일로
더러워진 내 손이 눈에 띄는 순간, 오히려 뻔뻔해졌다.

"나 같은 것, 없어지면 좋겠죠? 그래요. 나가지요. 저한테
도 갈 데가 있다고요."

마음에도 없는 말을 던져버리고는 욕실로 달려가 흐느끼

면서 손발을 씻었다. 방으로 들어와서는 옷을 갈아입는 동안 다시, 깊은 곳에서 복받치듯 울음이 터져 그만 그 자리에 주저앉고 말았다. 울음이 나오는 대로 맘껏 울고 싶어서 2층 방으로 뛰어 올라가 침대 위에서 이불을 머리까지 덮어쓰고 온몸이 쪼그라들 정도로 울었다. 그러는 동안 점차 머릿속에 안개가 개는 것 같더니 이제는 그 사람이 보고 싶단 생각이 들고, 너무나 그리워 그 얼굴을 보고 목소리를 듣고 싶어 못 견딜 것 같았다. 양쪽 발바닥에 타들어 가는 뜸을 뜨며 꼼짝 않고 참고 있는 듯한 이상한 기분이었다.

저녁나절이 다 되어 어머니는 소리 없이 2층으로 올라와서 전등불을 딸깍, 켠 후 침대 쪽으로 다가오셨다.

"가즈코."

너무도 다정한 목소리로 내 이름을 부르셨다.

"네."

나는 몸을 일으키고, 침대에 앉은 채 양손으로 머리를 쓸어 올리며, 어머니의 얼굴을 쳐다보고 후후 하며 조용히 웃어 보였다.

어머니도 살며시 미소를 지으시고 창문 아래 소파에 깊숙이 몸을 파묻으셨다.

"난 태어나서 처음으로 외삼촌이 하는 말을 듣지 않았다. ……나는 말이야, 막 외삼촌에게 답장을 썼어. 내 아이들에 관한 일은 내가 알아서 하겠다고, 내게 맡겨달라고 썼다.

가즈코, 우리 옷가지를 좀 내다 팔자. 우리 두 사람 옷들을 하나둘씩 내다 팔아서 호화롭게 살자. 나는 이제 네게 밭일 같은 거 시키고 싶지 않아. 비싼 채소도 사 먹고, 그러면 좋잖니. 그렇게 매일 나가서 밭일하는 건 너한테 무리야."

사실 매일 반복되는 밭일이 약간 힘에 부치기 시작하던 참이었다. 조금 전에 그렇게 미친 듯이 울어댄 것도 밭일의 피로와 서글픔이 뒤범벅되어 모든 일이 다 원망스럽고 싫어졌기 때문이다.

나는 침대 위에서 고개를 숙이고 잠자코 있었다.

"가즈코."

"네."

"좀 전에 갈 데가 있다고 했는데, 그게 어디니?"

나는 목덜미까지 벌겋게 달아오르는 걸 느꼈다.

"호소다 씨?"

나는 아무 대답도 하지 않았다.

어머니는 깊이 한숨을 내쉬더니 말씀하셨다.

"지난 일 한 가지 말해도 될까?"

"예, 하세요."

나는 그제야 작은 목소리로 대답했다.

"네가 야마키 씨 집을 나와 니시카타초의 집으로 돌아왔을 때, 난 널 몰아세울 생각은 전혀 없었지만 그래도 딱 한마디, '어머니는 너한테 배신당했다'고 했어. 기억하니? 그랬더니 넌 울음을 터뜨렸지. ……나도 배신당했다느니 하는 그런 심한 말을 한 건 실수였다고 생각했는데……."

난 그때 어머니께 그런 말을 듣고 왠지 고맙고 기뻐서 울음이 나왔다.

"내가 그때 배신당했다고 한 건 말이야, 네가 야마키 씨의 집에서 나왔기 때문에 한 말이 아니란다. 야마키 씨가 가즈코는 사실 호소다와 사랑하는 사이였다고 한 바로 그 순간을 두고 한 말이야. 그 말을 들었을 때, 나는 정말 얼굴을 들 수 없었다. 생각해봐라, 호소다 씨는 이미 부인과 아이가 있는 사람이고, 아무리 네가 사랑한다 해도 어쩔 도리가 없는 그런 상황이었으니……."

"사랑하는 사이였다니, 어쩜 그런 말을. 그건 야마키 씨의 억측일 뿐이에요."

"그러니? 너는 아직도 호소다 씨를 마음에 두고 있는 건 아니라는 말이구나. 그럼 갈 데란 게 어디지?"

"호소다 씨를 찾아가겠다는 말이 아니에요."

"그래? 그럼 어디?"

"어머니, 저 말이에요, 얼마 전에 생각한 건데요. 인간이 다른 동물과 진정 다른 점은 뭘까, 언어도 지혜도 생각하는 것도 사회 질서란 것도 각각 정도의 차이는 있지만 다른 동물들도 모두 가진 거잖아요. 다른 동물들도 나름대로 신앙을 가졌을지도 몰라다구요. 인간은 만물의 영장이라고 큰

소리치지만, 다른 동물과 본질적으로 다른 게 전혀 없는 것 같지 않아요? 그런데요 어머니, 딱 한 가지 있어요. 어머닌 모르셨을 거예요. 다른 생물에게는 절대로 없고, 인간에게만 있는 것. 그건 말이에요, 비밀이란 거예요. 자기만의 비밀. 어떻게 생각하세요?"

어머니는 희미하게 얼굴을 붉히며 곱게 미소를 지었다.

"아아, 가즈코의 그 비밀이 잘 여물어서 좋은 열매를 맺으면 좋겠구나. 난 매일 아침, 너희 아버지에게 가즈코를 행복하게 해달라고 기도한단다."

아버지와 나스노를 드라이브하다가 길가에 차를 세우고 내려서 둘러본 가을 들녘의 경치가 내 가슴에 슬며시 떠올랐다. 싸리나무, 패랭이꽃, 용담, 마타리 등 가을꽃들이 피어 있었다. 개머루는 아직 푸른빛이었다.

아버지와 비와 호수에서 모터보트를 타고, 내가 물속으로 뛰어들자 물풀 사이에 사는 작은 물고기들이 내 다리를 스쳐 지나가고, 호수 속으로 내 다리의 그림자가 또렷이 떠올라 울렁울렁 움직이던 그 모습이, 지금 어머니와 둘만 있는 이 상황에 어떠한 연관성도 없이 불현듯 가슴속에 떠오르다 사라졌다. 나는 침대에서 미끄러지듯 내려와 어머니의 무릎을 껴안고 그제야 비로소 제대로 말할 수 있었다.

"어머니, 아까는 죄송했어요."

생각해보면 그즈음이, 어머니와 나에게 마지막 행복의 불꽃이 반짝였던 때였고, 나오지가 남쪽 지방에서 돌아온 다음부터 우리의 지옥 같은 나날이 시작됐다.

3

아무리 애써봐도, 이젠 도저히 버텨낼 수 없을 것 같은 초조. 이것이 불안이라는 감정일까. 가슴속에 고통스러운 격랑이 밀려드는데 마치 소나기를 뿌린 하늘에 희뿌연 구름떼가 꼬리에 꼬리를 물고 거칠게 뒤덮여 지나가는 것처럼 심장을 옥죄었다 풀었다 하여, 나의 맥박은 엉겨 붙어 제대로 숨조차 쉴 수 없고 눈앞이 가물거리다 새까매진다. 온몸의 힘이 손가락 끝에서 스르르 빠져나가는 기분이 들어 도저히 뜨개질마저 계속할 수 없게 되었다.

연일 음산하게 내리는 비로 마음이 착잡해 일이 손에 잡히지 않았다. 오늘은 방 앞 툇마루에 등나무 의자를 가지고 나와 봄부터 뜨다가 만 스웨터를 다시 떠보기로 했다.

옅은 자주색 털실에다 코발트블루 빛깔 실을 섞어 스웨터를 뜰 생각이었다. 그 옅은 자주색 털실은 벌써 20년 전, 그러니까 내가 아직 초등학교에 다닐 무렵에 어머니가 내

목도리를 떠주신 털실이었다. 목도리 끝이 두건처럼 되어 있어서, 장난삼아 그걸 머리에 쓰고 거울에 비춰보았는데, 꼭 꼬마 도깨비 같았다. 게다가 그 색깔이 다른 친구들이 두른 목도리와는 전혀 달라서 난 너무 싫었다. 어느 날 아버지가 간사이 지방 유지인 동급생이 "멋진 목도리를 하고 있네" 하고 어른스러운 말투로 흘린 한마디에 나는 더 부끄러워서 그 이후론 한 번도 이 목도리를 하지 않고, 그냥 궤짝 속에 집어넣어 두었다. 그러다 올봄, '재활용'이란 명목으로 꺼내서 한줄 한줄 풀어 내 스웨터를 만들 생각으로 다시 뜨기 시작했다가, 아무래도 이 바랜 듯한 색 배합이 마음에 들지 않아 몽땅 풀어버렸는데 오늘은 별로 다른 일을 할 기분이 나지 않아 그걸 또 끄집어내 천천히 떠보는 중이다. 그런데 뜨개질하는 동안 나는 이 옅은 자주색 털실과 비를 머금은 잿빛 하늘색이 한데 어울려 뭐라 형용할 수 없을 정도로 포근하고 산뜻한 배합을 만들어낸다는 걸 깨달았다. 난 몰랐다. 옷은 하늘색과 조화를 이루도록 해야 한다는 중요한 사실을. 조화란 얼마나 아름답고 멋진 일인지, 새삼 놀라 잠시 멍했다. 비를 머금은 잿빛 하늘색과 옅은 자주색 털실, 이 두 가지를 조합하니 두 색이 동시에 생생하게 살아나 신기하기까지 하다. 손에 쥐고 있는 털실이 갑자기 아주 따뜻하고, 차가운 하늘색도 벨벳처럼 부드럽게 느껴진다. 그리고 그 색깔은 모네가 그린 안개 속 사원을 떠오르게 한다. 나는 이 털실 색깔 덕분에 비로소 '좋은 취향'이라는 게 뭔지 알게 된 것 같다. 좋은 취향. 어머니는 한겨울 눈을 머금은 하늘에 이 옅은 자주색이 얼마나 아름답게 조화될지 이미 아시고 일부러 손수 골라주셨는데 나는 어리석게도 그걸 싫다고 했다. 하지만 어린아이였던 내게 그것을 강요하지 않고 마음대로 하도록 맡겨주셨던 내 어머니. 내가 이 색의 아름다움을 진정 깨닫게 되기까지, 무려 20년 동안이나 이 색에 대해 한마디도 더 하지 않으시고 묵묵히 모르는 척 기다려주신 어머니. 정말이지 너무나 좋은 어머니라는 생각이 들면서 이런 좋은 어머니를 나와 나오지 둘이서 속 썩이고 곤경에 빠뜨려 사그라들게 만들고, 급기야 이젠 마지막 피 한 방울까지 말려버리는 건 아닌가 하는 생각이 들었다. 갑자기 참을 수 없는 공포와 걱정이 밀려들어 이런저런 상념들을 떠올리면 떠올릴수록 앞으로는 전부 두렵고 나쁜 일들만 일어날 것 같다. 생각이 거기까지 미치자 이젠 도저히 숨 쉴 수 없을 정도로 불안해지고 손가락의 힘마저 다 빠져서, 뜨개바늘을 무릎에 올려놓고는 긴 한숨을 내쉬며 고개를 쳐들고 눈을 감았다.

"어머니."

나도 모르게 말이 나왔다.

어머니는 방 안 한쪽 구석에 놓인 책상 앞에 앉아 책을 읽고 계셨는데, "응?" 하고 대답하셨다. 나는 머뭇거리다 큰

소리로 말했다.

"마침내 장미가 피었어요. 어머니, 보셨어요? 전 지금에 야 알았어요. 정말 장미가 예쁘게 피었네."

툇마루 바로 앞에 핀 장미. 그것은 외삼촌이 예전에 프랑 스인가, 영국인가 잘 기억나지 않지만, 아무튼 먼 나라에 갔 다가 돌아오실 때 가져오셔서 두세 달 전에 이 산장 정원에 옮겨다 심어주셨다. 오늘 아침 드디어 꽃 한 송이가 핀 걸 이미 알고 있었지만, 모르는 척하고 이제야 본 것처럼 수선 스럽게 말했다. 검붉은 꽃의 색에서 도도함과 강렬함이 풍 겼다.

"알고 있었어."

어머니는 조용히 말씀하시더니 덧붙이셨다.

"너한텐 그게 아주 중요한 일이구나."

"그럴지도 모르죠. 왜요, 그게 안돼 보여요?"

"아니, 너한테는 그런 구석이 있다는 걸 말하는 거야. 부 엌에서 쓰는 성냥갑에 르누아르 그림을 붙여놓거나 인형의 손수건을 만들기도 하고, 그런 일을 좋아하잖아. 게다가 지 금 정원에 핀 장미를 보고 하는 말을 들으면 꼭 살아 있는 사람을 두고 하는 말 같아."

"애가 없어서 그래요."

전혀 생각지도 않았던 말이 불쑥 튀어나왔다. 말을 해버 리고는 덜컥 놀라, 다시 주워 담을 수도 없는 말을 내뱉었다 싶어 괜히 무릎 위에 있는 뜨개질감을 주물렀다.

— 스물아홉이나 됐으니까.

그렇게 말하는 남자의 목소리가 수화기를 통해 듣는 것처럼 귀를 간질이는 낮은 톤으로, 하지만 또렷이 들리는 것 같아 순간 너무 부끄러워 두 볼이 타들어 가듯 뜨거워졌다.

어머니는 아무 대꾸도 하지 않고 다시 책을 읽으신다. 어머니는 며칠 전부터 마스크를 쓰고 계셔서, 그 때문인지 요즘 통 말수가 줄었다. 그 마스크는 나오지의 조언으로 쓰고 계신 거다. 나오지는 열흘 전에 남쪽에 있는 섬에서 검푸르뎅뎅한 얼굴로 돌아왔다.

아무 기별도 없다가 여름날 저녁, 집 뒤편 나무 덧문을 열고 정원으로 들어왔다.

"와아, 이런. 퀴퀴한 집이네. 어서 옵쇼, 찐만두 있습니다, 하고 써 붙이지 그랬어, 왜."

그것이 나와 처음 마주친 순간 나오지의 입에서 나온 인사말이었다.

그 2, 3일 전부터 어머니는 혀가 아프다고 자리에서 일어나지 않으셨다. 겉으로 보기엔 아무렇지 않았는데, 혀끝을 움직이면 심하게 아프다고 하시며 식사도 묽은 죽만 겨우 몇 술 뜨시고, 진찰이라도 받아보는 게 어떻겠냐고 여쭈어도 고개를 흔들며 "이런 일로 불렀다고 웃을라" 하고 엷은 미소를 지으셨다. 르골*을 발라드려도 전혀 듣지 않는 것 같아 영 마음이 불안했다.

그러던 차에 나오지가 돌아온 것이다. 나오지는 어머니의 머리맡에 앉아, 다녀왔다고 한마디를 던지고는 곧장 일어나서 좁은 집 안을 구석구석 둘러보았다. 나는 그 뒤를 따라 나갔다.

"어때? 어머니가 변한 것 같지?"

"응, 변했어. 아주 쪼그라들었네. 빨리 죽는 게 낫지. 이런 세상에서 엄마 같은 사람은 도저히 살아갈 수 없어. 못 봐주게 초라해졌네."

"그럼, 나는?"

"사람이 천해졌어. 남자가 두셋은 붙어 있는 것 같은 얼굴이잖아. 술은 있나? 오늘 밤은 좀 마셔줘야지."

나는 이 마을에 단 하나뿐인 여관으로 가서 오사키 아주머니에게 남동생이 제대해서 그러니 술 있으면 좀 나눠 달라고 부탁했다. 술이 마침 다 떨어지고 없다고 해서 그냥 돌아와 나오지에게 그대로 전했더니 나오지는 지금껏 본 적도 없는 너무나 낯선 표정을 짓고는 뭐야, 말을 서툴게 했으니까 그렇지, 하며 여관이 어디냐고 다그치더니, 정원

---

* 프랑스 의사의 이름을 딴 살균제. 피부병이나 인후염에 사용하는 적갈색 물약

용 게다*를 끌고 그대로 밖으로 뛰어나갔다. 그 뒤로 아무리 기다려도 돌아오지 않았다. 나는 나오지가 좋아하던 구운 사과와 달걀 요리 등을 차려놓고, 식당 전구도 밝은 것으로 갈아 끼우고 한참을 기다렸는데, 나오지는 오지 않고 그 대신 오사키 아주머니가 부엌문을 열고 얼굴을 들이밀었다.

"저기요, 괜찮을까요. 소주를 저렇게 마시고 있는데."

잉어 눈처럼 둥그런 눈을 더 크게 부릅뜨고 무슨 큰일이라도 난 것처럼 심각하게 말했다.

"소주라니, 그럼 메틸** 말이에요?"

"아뇨. 메틸은 아니지만."

"마셔도 병이 나진 않는 거죠?"

"응, 그렇긴 해도……."

"그냥 놔두세요."

아주머니는 침을 꿀떡 삼키듯이 고개를 끄덕이고 돌아갔다.

어머니가 계신 곳으로 가서 "오사키 씨네서 술 마시고 있대요" 하고 말씀드렸더니 어머니는 약간 입술을 움직이시

---

* 일본 사람들이 신는 나막신
** 메틸 알코올. 전후 술 대용으로 마시는 사람들이 있었는데, 독성 때문에 죽거나 실명했다.

며 웃으셨다.

"그래, 아편은 이제 끊었는지 모르겠다. 너는 먼저 식사해라. 그리고 오늘 밤은 셋이 이 방에서 자자. 나오지 요를 가운데다 깔고."

나는 울고 싶은 기분이 들었다.

밤이 깊어서야 나오지는 거친 발소리를 내며 돌아왔다. 우리는 한 방에 셋이서 모기장 하나를 치고 누웠다.

"어머니께 남쪽 지방에서 있었던 일을 좀 들려드리지 그러니."

내가 누워서 말했다.

"아무것도 없어. 아무 할 말 없다구. 다 잊어버렸어. 일본에 도착해서 기차를 타고 차창 밖을 내다보니 푸른 논이 펼쳐져 있는 게 깨끗해 보였어. 그게 다야. 불 좀 꺼줘. 잠이 안 오잖아."

나는 전등을 껐다. 한여름 밤의 달빛이 홍수처럼 밀려들어와 모기장 안을 꽉 채웠다.

다음 날 아침 나오지는 이불에 엎드린 채 담배를 피우며 먼바다 쪽을 바라보다가, 그제야 비로소 어머니의 상태가 좋지 않다는 게 생각난 듯이 말했다.

"혀가 아프다며?"

어머니는 그저 희미하게 미소만 지으셨다.

"그런 건 말이야, 틀림없이 신경성이야. 밤에 입을 벌리고

자잖아. 조심성이 없어. 마스크를 써봐요. 거즈에 리바놀액*
을 묻혀서 마스크 안에 넣어두면 좋아."

그 말을 들으니 나는 웃음이 났다.

"그건 무슨 치료법인데?"

"미학 치료라는 거야."

"하지만 어머니는 마스크 같은 건 싫어하실걸."

어머니는 마스크뿐만 아니라, 안대나 안경이나 얼굴에 무
얼 쓰는 걸 아주 질색하신다.

"그렇지요, 어머니? 마스크 같은 걸 쓰시겠어요?"

내가 물었다.

"쓸게."

순순히 대답하셔서 나는 깜짝 놀랐다. 나오지 말이라면
무엇이든 시키는 대로 따르실 생각인 모양이다. 내가 아침
식사를 마치고, 앞서 나오지가 말한 대로 거즈에 리바놀액
을 묻힌 마스크를 만들어 어머니가 계신 방으로 가져갔더
니, 어머니는 잠자코 받아들고 누운 채로 마스크 줄을 양쪽
귀에 걸었다. 그 모습이 정말이지, 얌전한 꼬마 같아 보여서
마음이 찡했다.

점심때가 지나서 나오지는 도쿄에 있는 친구들과 문학계

---

* 독일 제약회사에서 만든 살균제

의 선생님을 만나야 한다며 양복으로 갈아입고선, 어머니한테 이천 엔을 받아들고 도쿄로 갔다. 그렇게 집을 나간 지 열흘이 다 되어가는데, 감감무소식이다. 어머니는 매일 마스크를 쓰고 나오지를 기다리신다.

"리바놀이란 거 말이야, 좋은 약인가 봐. 이 마스크를 쓰고 있으면 혀의 통증이 사라지는 거 있지."

웃으면서 말씀하셔도 어머니가 거짓말을 하신다는 생각이 들었다. 이제 괜찮아, 하시며 자리를 털고 일어나 계시지만 식욕은 영 돌아온 것 같지 않고 말수도 부쩍 줄어 곁에서 보고 있는 나는 너무 불안했다. 나오지는 도대체 도쿄에서 뭘 하고 있는 거야, 그 소설가 우에하라인가 하는 사람이랑 도쿄 거리를 쏘다니며 광란의 소용돌이에 휘말려 놀아나는 게 틀림없어, 하는 생각이 들면 들수록 괴로워졌다. 그 때문에 어머니에게 불쑥 장미가 핀 걸 보았냐는 둥, 아이가 없어서 그런다는 둥 마음에도 없는 엉뚱한 소릴 해서, 끝내는 말이 꼬여 "아" 하고 한마디 흘리고는 일어났지만, 딱히 갈 데도 없어 몸뚱이 하나 주체 못 하고 비틀비틀 계단을 올라가 2층 방으로 들어갔다.

여기는 이제 곧 나오지의 방이 될 텐데 4, 5일 전에 어머니와 상의해서 아래 농가의 나카이 씨 도움을 받아 나오지의 옷장과 책상, 책장을 옮겼다. 또 책들과 노트를 가득 집어넣은 나무 상자 대여섯 개, 아무튼 니시카타초 집 나오지의 방에 있던 것들 전부를 이곳으로 옮겨 왔다. 나오지가 도쿄에서 돌아오면 자기가 좋아하는 위치에 맞게 배치하도록 하고 그때까지는 그냥 쌓아두는 게 좋을 것 같아 그냥 놔둔 터라 발 디딜 자리도 없을 정도로 물건들이 꽉 차 있었다. 나는 별생각 없이 발밑에 있는 나무 상자에서 나오지의 노트를 한 권 꺼내 보았는데, 그 노트 겉표지에는 '유가오* 일기'라고 적혀 있고 그 안에는 다음과 같은 이야기가 한가득, 불규칙하게 적혀 있었다. 나오지가 마약 중독으로 고생하던 무렵의 수기 같았다.

*

타 죽을 상념. 괴로워도 괴롭다는 한마디, 아니 일언반구 입 밖에 낼 수 없는 고래古來의 미증유, 사상 유례없는 정체를 알 수 없는 지옥의 육감을 가장하지 말라.

사상? 헛소리. 주의? 헛소리. 이상? 헛소리. 질서? 헛소리. 성실? 진리? 순수? 모두 다 헛소리. 우시지마의 등나무는 수령 천 년, 유야의 등나무는 수백 년이라는데, 그 이삭꽃도 우시지마에는 최장 9척, 유야에는 5척이라 하니 단지 그

---

* 한해살이풀로 박의 일종. 여름날 저녁에 나팔꽃과 비슷하게 생긴 크고 향기로운 꽃이 핀다.

이삭꽃에만 마음이 설렌다.

그것도 인간의 자식. 살아 있다.

논리는 전적으로 논리에 대한 애정이다. 살아 있는 인간을 향한 애정이 아니다.

돈과 여자. 논리는 수줍어 허둥지둥 달아난다.

역사, 철학, 교육, 종교, 법률, 정치, 경제, 사회, 그런 학문 나부랭이보다 처녀의 미소가 소중하다고 한 파우스트 박사의 용기 있는 실증.

학문이란 허영의 별칭이다. 인간이 인간이 아니도록 하는 노력이다.

괴테 앞에 맹세할 수 있다. 나는 어떠한 형태로든 제대로 쓸 수 있습니다. 단 한 편의 잘못된 구성 없이 딱 들어맞는 희화戱化, 독자들의 눈시울을 뜨겁게 할 비애, 혹은 엄숙하고 이른바 정법에 맞춘 완벽한 소설, 가볍게 술술 읽어내려가면 그건 무슨 영상 자막이냐, 부끄러워 어디 그런 걸 쓰겠냐고 한다. 근본적으로 그런 걸작 의식이 쩨쩨하단 말이다. 소설을 읽고 양복깃을 여미다니, 미친놈의 작태가 아니고 뭔가. 그렇다면 그렇게 정장을 차려입고 무슨 일이 되겠나.* 좋은 작품일수록 도통한 것처럼 점잔 빼는 것 같진 않던데. 나는 친구들 얼굴에 진심으로 재밌어하는 표정을 보고 싶다는 일념에서 소설 한 편, 일부러 괴발개발 쓰레기를 써내고, 엉덩방아 찧고선 뒤통수 긁적대며 도망친다. 아아, 그 순간 재밌어하는 친구들의 표정이란!

문장에 이르지 못하고 인간에 미치지 못하는 꼬락서니. 장난감 나팔 소리 높여 아뢸 말씀이 있습니다. 여기 일본 제일의 바보가 있습니다. 당신들은 아직 양반이오. 부디 건재하시길! 잔을 들며 기원하는 애정은, 이건 도대체 무슨 뜻이란 말인가.

친구, 자신만만한 표정으로, 그게 그 녀석의 고약한 버릇이야, 아까운 놈이야, 혀를 끌끌끌. 사랑받고 있다는 걸 몰라.

불량하지 않은 자, 과연 있을까.

쓸데없는 생각.

돈이 필요해.

그게 아니면,

밤새 자연사!

약국에 천 엔에 가까운 빚을 져서 오늘, 전당포의 호객꾼 하나를 몰래 집으로 끌어들여 뭔가 내 방에 있는 것 중 값어치 있다 싶은 게 있다면 가져가라, 지금 당장 돈이 필요

---

* 춘가春歌의 한 구절. 남녀가 사랑을 나누는데 옷을 다 차려입고 무슨 일이 되겠냐는 뜻

하다 했더니 호객꾼, 제대로 둘러보지도 않고 관두라고, 네 물건들도 아니잖냐고 내뱉는다. 좋아, 그렇다면 내가 지금 까지 내 돈으로 산 물건들만 가져가라, 큰소리치고 주워 모 은 수집품들, 전당포에 맡겨 돈 될 만한 건 하나도 없다.

우선 한 손 석고상. 이건 비너스의 오른손. 달리아꽃을 닮 은 한쪽 손, 새하얀 한쪽 손, 그거 하나 덜렁 탁자 위에 얹혀 있다. 하지만 자세히 보면 이건 비너스가 그 벌거벗은 몸을 남자에게 들켜 헉, 하고 놀라 일으킨 부끄러운 몸짓, 죄 없 는 벌거숭이. 담홍색, 속속들이 활활 불붙는 홍조, 몸을 비 튼 이 손동작, 그런 비너스의 숨도 멈추어버릴 나체의 부끄 러움이, 손끝에 아무런 지문도, 손바닥에 단 한 줄 손금도 없는, 순백의 우아한 한쪽 손에 내 가슴마저 고통스러울 정 도의 애처로운 표정을 짓게 되는 걸 깨달을 뿐. 하지만 완 벽한 무용지물. 호객꾼, 50전을 부른다.

그 외에 파리 근교의 대지도. 지름 30센티 정도 되는 플라 스틱 팽이, 실보다도 가늘게 쓸 수 있는 특제 펜촉, 모두 다 나름대로 진귀하다 싶어 산 물건들인데, 전당포 호객꾼은 킥킥대더니 다음에 보잔다. 기다려, 그를 붙잡아 결국 다시 책들을 산더미로 안겨주고 5엔을 받아 든다. 내 책꽂이에 있는 책들은 거의 싼값에 산 문고판들이고 더군다나 헌책 방에서 사들인 것이라 전당포에서 매기는 값도 이리 보잘 것없다.

천 엔 빚을 갚으려고 5엔 벌이. 이 세상 속에서 발하는 나의 힘이란, 그저 이만큼. 웃을 일이 아니다.

데카당? 하지만 이렇게라도 하지 않으면 살아 있을 수 없지. 그런 말들로 나를 비난하는 사람들보다, 죽어! 라고 말해주는 사람들이 고맙다. 그쪽이 확실하다. 하지만 인간은 좀처럼 죽어! 라는 말은 하지 않는 존재들이다. 쩨쩨해. 꿍꿍이로 배 불린 위선자들아!

정의? 이른바 말하는 계급 투쟁의 본질은 그런 데 있는 게 아니야. 인도주의? 헛소리 마. 나는 알고 있다고. 그건 자신들의 행복을 위해서 상대를 쓰러뜨리는 일이야. 죽여버리는 일이야. 죽어! 하고 내리는 선고가 아니라면, 그게 뭐난 말이야. 사람을 기만하면 안 되지.

하지만 우리 계급에도, 제대로 된 노예가 없다. 백치, 유령, 수전노, 미친개, 떠버리, 그러하다네, 구름 위에서 뿌리는 오줌.

죽어! 라는 말조차 아까워.

전쟁. 일본의 전쟁은 자포자기다.
자포자기 선동에 휩쓸려 죽기는 싫다. 차라리 내 손으로 숨통을 죄는 게 낫지.

인간은, 거짓말을 할 때 언제나 진지한 표정을 짓게 마련이다. 요즘 지도자들의, 그 비장함이라니. 푸!

남에게 존경받으려 **의식하지 않는** 사람과 어울리고 싶다. 하지만 그런 착한 사람들은 나와 놀아주지 않지.

내가 조숙한 척 행동하면 사람들은 날 조숙하다고 쑤군덕댄다. 내가 게으른 척 행동하면, 사람들은 날 게으르다고 쑤군덕댄다. 내가 소설을 쓰지 못하는 척하면 사람들은 날, 글 한 줄 못 쓰는 놈이라 쑤군덕댄다. 내가 거짓말쟁이인 척하면 사람들은 날 거짓말쟁이라고 쑤군덕댄다. 내가 돈 푼깨나 있는 척 행동하면, 사람들은 날 부자라고 쑤군덕댄다. 내가 냉담을 가장해 보이면 사람들은 날 냉담한 놈이라고 쑤군덕댄다. 하지만 내가 정말로 괴로워서 나도 몰래 신음했을 때 사람들은 날 괴로운 척한다고 쑤군덕댔다.

모든 게, 어긋나 있어.

결국 자살하는 수밖에 다른 길이 없지 않나.

이리 괴로워도 기껏 내 손으로 목숨을 끊으면 모든 것이 끝난다 생각하니 통곡으로 밤이 샌다.

어느 봄날 아침, 두세 송이 꽃잎이 벌어진 매화 가지에 아침 햇살이 비쳤는데 그 가지에 하이델베르크의 어린 학생이 혼자 목을 매고 죽어 있었다고 한다.

"엄마, 날 꾸짖어주세요."
"무슨 이유로?"
"겁쟁이라고."
"그래? 겁쟁이. ……이제 됐지?"

엄마에게는 누구도 따라올 수 없는 순진함이 있다. 엄마를 생각하면 울고 싶어진다. 엄마에게 용서를 구하기 위해서라도 난 죽어야 한다.

용서하세요. 이번 한 번만 용서해주세요.

한 해, 한 해
눈먼 채
학의 새끼*
사육된 생활
가련한 배불뚝이

(설날 아침에 지음)

---

* 권력자의 종을 뜻한다.

모르핀, 아트로몰, 나르코폰, 판토폰, 파비날, 파노핀, 아
트로핀*

프라이드란 무엇인가, 프라이드란.

인간은 아니, 남자는 '나는 잘났다' '난 잘난 구석이 있다'
라는 **생각 없이는** 살아갈 수 없는 존재인가.

사람을 증오하고, 다른 사람들의 증오의 대상이 된다.

지혜 겨루기.

엄숙 = 바보스러운 감정

아무튼 말야, 살아 있으니까 틀림없이 속임수를 쓰고 있
겠지.

돈을 빌려달라고 부탁하는 편지.

제발 답장을 부탁합니다.

답장을 꼭 주세요.

그리고, 그것이 꼭 **반가운** 소식이길 빕니다.

---

* 모두 중독성 있는 마약 종류다.

저는 이미 갖가지 굴욕을 감수하며 혼자 신음하고 있습니다.

연기하는 게 아닙니다. **절대로** 그건 아닙니다.

제발 부탁드립니다.

저는 수치스러워 죽을 지경입니다.

과장이 아닙니다.

매일매일 답변을 기다리며 밤이나 낮이나 부들부들 떨고 있습니다.

제발 절 내치지 말아주세요.

벽에서 키득거리는 비웃음이 들려 깊은 밤, 잠자리에서 뒤척입니다.

제가 더는 곤경에 빠지지 않도록 도와주세요.

누님!

거기까지 읽은 나는 그 '유가오 일기'의 겉장을 덮어 나무 상자에 도로 집어넣고는, 창문 쪽으로 걸어가 창문을 활짝 열고 희뿌연 빗줄기로 눈앞이 흐릿한 정원을 내려다보면서 그 시절의 일들을 생각했다.

벌써 6년이나 지났다. 나오지의 마약 중독이 내 이혼의 원인이었다. 아니, 그리 말하면 안 돼. 나오지의 마약 중독이 아니었어도 나는 어떤 이유로든 언젠가 이혼하게끔, 그렇게 태어난 순간부터 정해진 일이었다는 생각도 든다. 나오지는 약국에 진 빚을 갚기가 어려워 자주 내게 돈을 부탁했다. 나는 그때 막 야마키 씨와 결혼한 터라 그리 넉넉한 형편이 아니었다. 또 시댁의 돈을 친정 동생에게 몰래 융통해주기에는 너무 상황이 좋지 않다고 생각했기 때문에 친정집에서 내 시중을 들라고 딸려 보낸 식모인 세키 할머니와 상의해서 내 팔찌나 목걸이, 드레스를 팔았다. 동생은 내게 돈 달라는 편지를 보냈다. 그다음부터는 괴롭고 수치스러워 나와 얼굴을 마주할 수도, 또 전화로 얘기하는 일조차 도무지 할 수 없으니, 마련한 돈은 세키 할머니를 시켜 교바시 X읍 X마을의 카야노 아파트에 사는, 누나도 이름만큼은 들어 알고 있을 소설가 우에하라 씨의 집으로 보내달라, 우에하라 씨는 품행이 좋지 못한 사람이라고 세간에 알려져 있지만 결코 그런 사람은 아니니 안심하고 우에하라 씨 집에 맡겨뒈달라, 그러면 우에하라 씨가 곧 내게 전화로 알려주기로 되어 있으니 꼭 그리해달라, 나는 이번 중독을 엄마만큼은 모르게 하고 싶다, 엄마가 눈치채지 못하는 동안, 어떻게든 이 중독을 치료할 생각이다, 나는 이번에 누나에게 돈을 받으면 그 돈으로 약국에 진 빚을 청산하고, 시오바라에 있는 별장에라도 가서 건강을 회복해 돌아올 작정이다, 진심이다, 약국에 진 빚을 다 갚으면 이제 난 그날부터 마약에 손대는 일도 절대 없을 것이다, 신 앞에 맹세한다, 믿어달라, 엄마에겐 비밀로 하고 세키 할머니를 시켜 카야노 아파트의 우에하라 씨에게 맡겨라, 하고 편지에 적어 보냈다. 나는 동생의 부탁대로 세키 할머니에게 돈을 주어 몰래 우에하라 씨의 아파트로 보냈는데 동생이 편지에 쓴 맹세는 언제나 거짓말이었다. 그는 시오바라에 있는 별장에 가지도 않았고 약물 중독은 점점 더 심해졌다. 돈을 부탁하는 편지의 문장은 비명에 가까운, 고통스럽기 그지없는 구절로 이번에는 꼭 끊겠다고, 고개를 돌리고 싶을 만큼 애절한 맹세를 하는 터라 이번에도 거짓말일 거라 생각하면서도 결국에는 또다시 브로치 등을 세키 할머니를 시켜 내다 팔고는 그 돈을 우에하라 씨 아파트로 전달하곤 했다.

"우에하라 씨라는 분은 어떤 사람이지?"

"몸집이 왜소하고 안색이 영 안 좋은, 아주 불친절한 사람이에요."

세키 할머니가 대답했다.

"하지만 아파트에 계신 적은 별로 없었어요. 대개는 사모님이, 예닐곱 살 난 여자아이와 둘이서 집을 보고 있습디다. 사모님은 그다지 예쁜 용모는 아니지만, 상냥하고 아주 예의가 바른 사람 같았어요. 그 사모님이라면 안심하고 돈을 맡길 수 있겠다 싶었지요."

그 당시 나는 지금의 나와는 아니, 비교하고 자시고 할 것도 없을 정도로 전혀 딴 사람처럼 맹하고 아무 생각 없이 태평했다. 그래도 동생의 돈 요구가 한 번, 또 한 번 반복되고 거기다 매번 금액이 커지는 돈을 융통하려니 너무나 불안해져서 어느 날 노能*를 보고 돌아오는 길에 자동차를 긴자에서 돌려보내고 혼자 걸어 교바시의 카야노 아파트를 찾아갔다.

우에하라 씨는 방에서 혼자 신문을 읽고 있었다. 줄무늬 겹옷에 빗살 무늬가 있는 감색 하오리**를 입고 있었는데, 그 모습이 나이 든 사람처럼도 보이고, 한편으론 젊은이 같기도 한 것이, 지금까지 살면서 한 번도 본 적이 없는 묘한 짐승 같은 인상을 주었다.

"집사람은 지금 아이를 데리고 배급품을 받으러 나갔소."

약간 비음이 섞인 목소리로 툭툭 끊어 내뱉듯 말한다. 나를 부인 친구로 착각한 모양이었다. 내가 나오지 누나라고 밝히자 우에하라 씨는 흠, 하고 콧바람을 내쉬며 씩 웃었다. 왠지 섬뜩했다.

"나갈까요."

한마디하고, 이미 망토 비슷한 일본식 외투를 걸치고 신발장에서 새 게다를 꺼내 신고는 바람처럼 아파트 복도를 앞서 걸어 나갔다.

밖은 초겨울 어스름한 저녁. 바람이 찼다. 스미다강에서

---

* 일본 전통 가무극
** 일본 전통 의상인 기모노 위에 입는 길이가 짧은 서양식 겉옷

불어오는 강바람을 맞는 느낌이었다. 우에하라 씨는 강바람에 맞서 오른쪽 어깨를 약간 들고 츠키지 쪽으로 말없이 걸어갔다. 나는 종종걸음으로 그 뒤를 따라갔다.

도쿄극장 안쪽 빌딩의 지하실로 들어갔다. 네댓 무리의 손님들이 다다미 스무 장 정도 넓이의 좁고 긴 방에서 각각 탁자를 앞에 두고 둘러앉아 조용히 술을 마시고 있었다.

우에하라 씨는 컵에 술을 따라 마셨다. 그리고 내게도 따로 잔을 주라 이르고 술을 권했다. 나는 그 컵으로 두 잔이나 받아 마셨는데, 아무렇지도 않았다.

우에하라 씨는 술을 마시다가 담배를 피우다가 했지만 그러는 내내 아무 말도 하지 않았다. 나도 잠자코 있었다. 나는 이런 곳에 온 것이 태어나서 처음이었지만 아주 편안하고 기분 좋았다.

"술이라도 마시면 좋은데."

"네?"

"아니, 동생 말이오. 알코올로 바꾸는 게 좋겠다고요. 나도 예전에 마약에 중독된 적이 있었는데 남들이 마약은 아주 꺼림칙하게 생각하지. 알코올도 어차피 중독되는 건 마찬가진데 술은 말이야, 사람들이 이상하게 관대하거든. 동생을 술 마시는 쪽으로 돌려보죠. 그게 낫겠죠?"

"저도 말이죠, 술 취한 사람을 한 번 본 적이 있어요. 새해에 외출하려고 나갔더니, 우리 집 운전사하고 아는 사람이

자동차 조수석에서 꼭 도깨비처럼 새빨간 얼굴로 드르렁 드르렁 코를 크게 골면서 자고 있었어요. 너무 놀라서 소리를 질렀더니, 운전사가 이놈은 술꾼이라 어쩔 수 없다고 하면서 자동차에서 끌어내려 어깨에 메고 어딘가로 데려갔어요. 꼭 뼈가 없는 것처럼 축 늘어져가지고, 그런데 그 꼴을 해가지고도 뭐라고 구시렁구시렁 말을 해서 저는 그때 처음으로 술꾼이란 게 어떤 건지 봤지요. 재밌었어요."

"나도 술 좀 합니다."

"어머나, 그래도, 그런 사람하곤 다르시겠죠."

"당신도 술 좀 하잖소."

"어머나, 그런 일은 없어요. 전 그저 그렇게 취한 사람을 본 적이 있단 말씀이에요. 제가 그렇다는 말하고는 전혀 다르죠."

우에하라 씨는 처음으로 껄껄 웃었다.

"그럼, 동생도 술을 그렇게 많이 마시지는 않을지 모르겠지만, 아무튼 차라리 술을 마시는 게 더 낫단 말이오. 갑시다. 너무 늦으면 안 되잖아요."

"아뇨, 상관없어요."

"아니, 실은 내가 좀 따분해서 그래요. 이봐, 계산해줘!"

"이곳, 아주 비싼 곳이에요? 조금이라면 제가 부담할 수 있지만."

"그래요. 그럼 당신께 부탁하지."

"모자랄지도 모르겠어요."

나는 가방 안을 열어보고, 돈이 얼마나 있는지 우에하라 씨에게 알려주었다.

"그 정도 있으면 앞으로도 2, 3차 더 갈 수도 있겠군. 아주 곤드레만드레 되게 말이야."

우에하라 씨는 얼굴을 찌푸리며 그리 말하고선 웃었다.

"어디 다른 데 가서 한잔 더 하시겠어요?"

내가 물었더니 얌전히 고개를 가로저었다.

"아니오, 됐습니다. 택시를 잡아줄 테니 돌아가세요."

우리는 지하실 컴컴한 계단을 올라갔다. 한 발 앞서 올라가던 우에하라 씨가 중간쯤에서 갑자기 뒤로 돌더니, 눈 깜빡할 사이에 내게 키스했다. 나는 입술을 꼭 다문 채 키스를 받았다.

특별히 우에하라 씨를 좋아했던 것도 아닌데 그때부터 내게 '비밀'이 생겨버렸다. 성큼성큼, 우에하라 씨는 계단을 뛰어 올라갔고 나는 이상하고도 텅 빈 기분으로 천천히 계단을 올라 밖으로 나왔는데 볼을 스쳐 지나가는 강바람이 상쾌했다.

우에하라 씨가 택시를 잡아줘서 우리는 말없이 거기서 헤어졌다.

덜컹거리는 차 안에서 나는 이 세상이 갑자기 바다처럼 넓어진 것같이 느꼈다.

"내겐 사랑하는 사람이 있어요."

어느 날 나는 남편의 잔소리에 속이 상해 갑자기 그렇게 말했다.

"알고 있어. 호소다 말이지? 그렇게도 잊을 수가 없던가?"

나는 잠자코 있었다.

뭔가 언짢은 일이 생길 때마다 그 문제가 우리 부부 사이를 비집고 얼굴을 내밀었다. 이젠 정말 틀렸다고 생각했다. 드레스의 옷감을 실수로 잘못 재단했을 때처럼 그 옷감은 다시 꿰매 쓸 수도 없다. 전부 쓰레기통에 버리고 다른 새 옷감을 재단할 수밖에 없다.

"설마 그 배 속에 든 아이는."

어느 날 밤, 남편에게 이런 말을 들었을 때 너무나 소름이 끼치고 부들부들 떨렸다. 지금 생각해보면 남편이나 나나 너무 어렸다. 나는 사랑이란 걸 몰랐다. 애정도 뭔지 난 실감하지 못했다. 나는 호소다 씨가 그린 그림에 사로잡혀 저런 분의 부인이 되면 아아, 얼마나 아름다운 나날을 보낼 수 있을까, 저렇게 고상한 취향을 가진 분과 결혼하지 못한다면 결혼이란 아무런 의미가 없다고, 아무에게나 말하고 다녔다. 단지 그것 때문에 모든 사람에게 오해를 받았다. 그래도 난 사랑도 애정도 알지 못하고 아무 생각 없이 호소다 씨를 좋아한다고 공언했고, 그 말을 번복하려고도 하지 않았기 때문에 나중엔 더 복잡하게 얘기가 불어났다. 그 무렵 내 배 속에서 잠자고 있던 아기까지 남편에게 의심의 대상이 되었다. 누구 한 사람 이혼이라는 말을 입 밖으로 낸적은 없었는데 어느 틈엔가 주위에서 당연히 그리될 줄로알았고, 나는 나를 따라온 세키 할머니와 함께 어머니가 계신 집으로 돌아왔다. 그 뒤 아기를 사산하고 나는 몸져누웠고 남편과는 이미 돌이킬 수 없는 사이가 되었다.

나오지는 내 이혼에 뭔가 책임감 같은 걸 느꼈는지 죽어버리겠다며 얼굴이 상할 정도로 격격 소리 내어 울었다. 동생에게 약국에 진 빚이 얼마냐고 물어보니 까무러칠 정도의 금액이었다. 하지만 그것도 동생이 실제 금액을 도저히말할 수 없어서, 거짓말로 둘러댄 액수란 걸 나중에서야 알게 되었다. 결국 밝혀진 실제 빚은 그때 동생이 내게 말한금액의 세 배에 달했다.

"나 우에하라 씨를 만났어. 좋은 사람이더구나. 이제부터우에하라 씨와 함께 술도 마시고 어울리는 건 어때? 술은아주 싸던데. 술 마실 돈 정도라면 내가 언제라도 줄게. 약국에 진 빚도 너무 걱정하지 마. 어떻게든 되겠지."

내가 우에하라 씨를 만나고 와서 그를 좋은 사람이라고말하니 동생은 꽤나 기뻤는지, 그날 밤 내게 돈을 타서 곧장 우에하라 씨 집에 놀러 갔다.

중독은 그야말로 정신병일지도 모른다. 내가 우에하라씨를 칭찬하고 동생에게 우에하라 씨가 쓴 책을 빌려 읽고는 훌륭한 사람이라고 말하니, 동생은 누나 같은 사람이 뭘 아냐고 하면서도 속으로는 좋았던지 그럼 이것도 한번 읽어보라며 우에하라 씨가 쓴 다른 책을 권해주었다. 그러면서 우에하라 씨의 소설들을 열독하게 됐고, 동생과 둘이서 우에하라 씨에 관한 이런저런 이야기를 나누었다. 동생은 밤마다 뽐내듯 우에하라 씨 집으로 놀러 가, 점차 우에하라 씨의 계획대로 알코올 쪽으로 옮겨가는 듯 보였다. 약국에 진 빚은 내가 어머니께 몰래 의논드렸더니 어머니는 한 손으로 얼굴을 감싸고 잠시 말없이 계셨다. 잠시 후 얼굴을 들고는 씁쓸하게 웃으시며 언제까지 생각만 한다고 뾰족한 수는 없다, 몇 년이 걸릴지는 모르지만 매월 조금씩이라도 갚아나가자고 말씀하셨다.

그러곤 벌써 6년이 지났다.

박꽃. 아아, 동생도 괴롭겠지. 앞길이 막막해 뭘 어찌해야 좋을지, 이제 와서 어떻게 손쓸 길이 없겠지. 그래서 매일 죽자고 술만 마시고 있는 거겠지.

천성이 아예 불량했더라면 어떻게 되었을까. 그러면 동생도 오히려 맘이 편하지 않았을까.

이 세상에 불량하지 않은 인간이 있을까, 라는 말이 그 노트에 적혀 있었지만 그 말을 듣고 보니 나도 불량하고 외삼촌도 불량하고 어머니조차 불량한 것 같다.

불량하다는 건 다정다감한 걸 두고 하는 말이 아닐까.

4

　편지를 쓸까 말까, 한참을 망설였습니다. 하지만 오늘 아침, '뱀처럼 슬기롭고 비둘기처럼 순박하게 되어라'라는 예수의 말씀을 문득 떠올리고 묘한 기분이 들어, 편지를 쓰기로 했습니다. 나오지의 누나입니다. 잊으셨을까요, 그랬다면 절 떠올려주세요.

　나오지가 얼마 전 또 실례하고 심히 누를 끼친 모양인데, 대단히 죄송합니다(하지만 사실 나오지의 일은 나오지가 자기 뜻대로 행한 것이니 제가 나서서 사죄한다는 건 난센스란 생각도 듭니다). 오늘은 나오지에 관한 일이 아니라, 제 일로 부탁드릴 것이 있어 말씀드립니다. 나오지에게 교바시의 아파트가 화를 당해 지금 계신 곳으로 옮기셨단 얘기를 듣고, 곧바로 도쿄 교외에 있는 댁으로 찾아가 뵐까 생각했습니다만, 얼마 전부터 다시 어머니 건강 상태가 좋지 않아서, 어머니를 혼자 두고 상경할 수 없어 이렇게 편지로 말씀드립니다.

당신께 상의하고 싶은 일이 있습니다.

제가 드리는 이 말씀은 지금까지 배운 《여대학女大學》*의 관점에서 보면 너무나 올바르지 못하고 천박해서 악질 범죄라고 욕먹을 짓인지도 모르겠습니다. 저는 아니, 우리는 지금 이대로는 도저히 살아갈 수 없을 것 같으니, 나오지가 이 세상에서 가장 존경하는 듯한 당신에게 제 말 못 할 심정을 밝히고 충고를 부탁드리려 합니다.

전 지금의 이 생활을 견딜 수 없습니다. 좋다, 싫다의 문제가 아니라 도저히 이대로는 우리 세 사람이 살아갈 수 없단 말입니다.

어제도 너무 괴로워서 몸에 열이 나 제 몸 하나 주체하기 힘들어 안절부절못하고 있는데, 빗속을 헤치고 아래 농가의 딸이 쌀을 등에 지고 왔더군요. 그래서 먼저 약속한 대로 옷가지를 내주었지요. 그 딸은 부엌에서 저와 마주 앉아 차를 마시면서 현실적인 말투로 물었습니다.

"너, 이렇게 갖고 있던 걸 하나씩 내다 팔아서 앞으로 얼마나 더 버틸 수 있어?"

"반년쯤? 아니면 한 1년."

제가 대답했지요. 그리고 오른손으로 얼굴을 가리면서 "졸려. 지금 너무 졸려죽겠어" 했습니다.

---

* 여자들을 대상으로 에도 시대에 보급된 교훈서

"지쳐서 그래. 졸음이 오는 신경쇠약인가 봐."

"그런가 봐."

눈물이 나오려 하더니, 갑자기 제 가슴속에 리얼리즘과 로맨
티시즘이란 단어가 떠올랐습니다. 제게 리얼리즘은, 없습니다.
이 상태로 살아갈 수 있을까 생각하면 온몸에 소름이 끼칩니
다. 어머니는 언제나 절반은 환자같이 자리보전하시다가 잠깐
씩 일어나시고, 동생은 잘 아시는 대로 마음속에 큰 병이 들어
이곳에 있을 때는 소주를 마시러 근처의 여관으로 출근 도장
을 찍고, 사흘에 한 번은 우리의 옷을 팔아 그 돈을 갖고 도쿄
로 원정을 갑니다. 하지만 정작 괴로운 건 그런 일들이 아닙니
다. 저는 그저 제 생명이 이런 일상생활 속에서 파초의 잎이 지
지 않고 썩는 것처럼, 산 채로 조금씩 썩어들어가는 걸 너무나
도 뚜렷이 예감하는 게 몸서리쳐집니다. 정말이지 견딜 수 없
습니다. 그러니 전 《여대학》에 어긋나더라도 지금 같은 생활
에서 벗어나고 싶습니다.

그래서 당신께 말씀드리는 겁니다.

전 지금 어머니와 동생에게 확실히 밝히고 싶습니다. 제가
그전부터 마음에 둔 사람이 있으니, 앞으로 그분의 애인으로
지낼 생각이란 점을 확실히 말하고 싶습니다. 그분은 당신도
잘 아실 겁니다. 그분 성함의 이니셜은 M·C입니다. 전 그전부
터 뭔가 괴로운 일이 생기면 그 M·C 댁으로 달려가고파서 말
라죽을 것 같았습니다.

M·C에겐 당신과 똑같이 부인과 아이도 있습니다. 또 저보다 훨씬 아름답고 젊은 여자 친구도 있는 듯합니다. 하지만 M·C 댁을 찾는 것 말고 달리 제가 살길이 없을 것 같습니다. M·C의 부인과 전 아직 만난 적이 없지만 아주 상냥하고 좋은 분 같습니다. 그 부인을 생각하면 저 자신이 정말 무서운 여자라는 생각이 듭니다. 하지만 제 현재 생활은 그 이상으로 두려운 상황이라서 M·C에게 의지하지 않을 수 없습니다. 뱀처럼 슬기롭고 비둘기처럼 순박하게, 저는 저의 사랑을 완성해가고 싶습니다. 하지만 분명히 어머니도 동생도, 또 이 세상 누구도 제 결심에 찬성하진 않을 겁니다. 당신은 어떻게 생각하세요? 결국 혼자 결정하고 혼자 행동할 수밖에 없다고 생각하니 눈물이 앞을 가립니다. 태어나 처음 겪는 일이니까요. 이 어려운 일을 주위 모든 사람에게 축복받으며 맺는 방법은 없을까, 마치 아주 복잡한 인수분해를 풀 때처럼 머리를 쥐어짜다가 꼭 어딘가에 이 문제를 말끔하게 해결할 실마리가 있을 것 같은 기분이 들어 뜬금없이 희망에 들뜨기도 한답니다.

하지만 나의 소중한 M·C는 나를 어찌 생각하고 있을까, 그걸 생각하면 기운이 빠집니다. 말하자면 저는 매달리는 여자…… 같은 꼴이랄까요. 매달리는 아내라고도 할 수 없고 매달리는 애인이라고나 할까, 그런 입장이기 때문에 M·C 쪽에서 아무래도 안 되겠다고 하면, 그대로 우린. 그래서 당신께 부탁드리는 겁니다. 아무쪼록 그분에게 당신이 한번 물어봐주세요. 6년 전 어느 날 제 가슴에 희미한 무지개가 걸려, 사랑도 뭐도 아니었지만 세월이 갈수록 그 무지개는 또렷하게 색채의 농도를 더해, 저는 지금까지 한 번도 마음속에서 지운 적이 없습니다. 비 갠 후 하늘에 걸려 있는 무지개는 어느 틈엔가 흔적도 없이 사라져버리지만, 사람의 가슴속에 걸린 무지개는 사라지지 않는 모양입니다. 제발 그분께 물어봐주세요. 그분은 진정 절 어떻게 생각하고 있는지, 혹시라도 비 갠 하늘의 무지개처럼 생각하셨던 걸까요. 그래서 그렇게 이미 사라져 없어졌다고?

그렇다면 저도 제 가슴속 무지개를 지워야겠지요. 하지만 제 생명을 먼저 꺼뜨리기 전엔 제 가슴속 무지개는 사라질 것 같지 않습니다.

답변 주시길 기원합니다.

우에하라 지로 씨께

(나의 체호프, 마이 체호프. M·C)

저는 요즘 조금씩 살이 쪄갑니다. 동물적인 여자로 변해간다기보다, 사람다워졌다고 생각합니다. 올여름은 로렌스* 소설을 한 권 읽었습니다.

---

* 영국의 소설가 겸 비평가, 데이비드 허버트 로렌스David Herbert Lawrence (1885~1930). 성과 사랑을 주제로 현대 사회에서 남녀 관계의 새로운 윤리를 추구했다. 대표작으로《채털리 부인의 사랑Lady Chatterley's Lover》이 있다.

답장이 없어서 한 번 더 펜을 듭니다. 얼마 전에 올린 편지는 너무나 교활한, 뱀의 계략으로 가득 차 있다는 걸 하나하나 꿰뚫어 보셨겠죠. 정말로 저는 그 편지의 행마다 간사한 수작을 총동원했습니다. 결국 당신이 제 현재 삶을 구제해주길, 경제적으로 도움을 주길 바라는 거라고, 바로 그 얘기라고만 생각하셨을 겁니다. 저도 그런 뜻이 전혀 아니었다고 부정하진 않겠습니다만 그저 제 몸뚱이 하나를 위한 후원자가 필요했다면, 죄송합니다만 특별히 당신을 지목해 부탁드리진 않았을 겁니다. 당신 이외에도 절 돌봐주실 갑부들이 있답니다. 단적인 예로, 며칠 전에도 이상한 혼담 비슷한 것이 들어왔지요. 그분 성함은 당신도 아실지 모르겠지만, 환갑이 지난 독신남으로 예술원인가 하는 곳의 회원이라나 뭐라나 하는, 예술에 조예가 깊으신 선생님입니다. 그분이 절 점찍어두고 이 산장으로 찾아오셨습니다. 그 선생님은 우리가 예전에 살던 니시카타초의 집 근처에 살았기 때문에 한동네 사람으로 가끔 길에서 마주친 적이 있지요. 언젠가 아, 그건 어느 가을 저녁 무렵이었다고 기억합니다. 어머니와 둘이서 자동차를 타고 그 선생님 댁 앞을 지나칠 때, 그분은 혼자 우두커니 대문 옆에 서 있다가 어머니가 자동차 창문 너머로 목례했더니, 그 거만해 보이는 거무튀튀한 얼굴이 갑자기 단풍잎처럼 붉게 달아오르지 뭐예요.

"어머, 사랑에 빠졌나 봐."

내가 여고생처럼 들뜬 목소리로 "어머니를 좋아하나 봐요" 했더니 어머니는 침착하게 혼잣말하듯 말씀하셨죠.

"아니야, 학식이 깊은 분이셔."

예술가를 존경하는 건 우리 집안의 가풍인 듯합니다.

그 선생님이 몇 해 전에 사모님을 여의셨다며, 외삼촌과 노에 노랫말을 붙여 주거니 받거니 하는 사이인 지체 높은 귀족 양반을 통해 어머니에게 날 맞이하고 싶다는 뜻을 전해왔습니다. 어머니는 제 생각대로 선생님에게 직접 답변을 전하는 게 어떨까 하셨는데, 저는 깊이 생각할 것도 없이 싫었기 때문에 지금은 결혼할 생각이 없다는 뜻을 거침없이 편지에 썼습니다.

"거절해도 되죠?"

"그야, ……나도 무리한 얘기라고 생각했단다."

그 무렵 선생님이 가루이자와에 있는 별장에 계셔서 그 별장으로 거절하는 답장을 보냈는데, 이틀 후에 제가 보낸 편지와 엇갈리는 바람에 선생님이 직접 이즈 온천에 볼일이 있는 김에 들렀다고 하시며, 제 답장에 대해선 아무것도 모른 채 불쑥 집으로 찾아오셨습니다. 예술가란 나이를 먹어도 이렇게 어린 아이처럼 내키는 대로 행동하는 사람들인 모양이지요?

어머니는 몸이 안 좋으셔서 제가 직접 응접실로 모시고 차를 대접하면서 말씀드렸습니다.

"저, 지난번 어머니께 하신 말씀에 대해 거절하는 편지가 지금쯤 가루이자와에 도착했을 겁니다. 깊이 생각해보았지만요."

"아아……그래요?"

초조한 목소리로 말하며 땀을 닦더군요.

"그래도 그 점은 한 번 더 잘 생각해주시지요. 나는 당신을, 뭐라 하면 좋을까, 저기 말하자면, 정신적으로는 행복하게 해줄 수 없을지 몰라도 그 대신 물질적으로는 원하는 만큼 행복하게 해줄 수 있소. 그 점만은 확실히 말할 수 있소. 내 솔직히 털어놓고 하는 얘깁니다."

"지금 말씀하신 행복이라는 게, 뭘 말하는 건지 전 잘 모르겠어요. 건방진 말로 들리실지 모르겠지만 죄송합니다. 체호프가 아내에게 쓴 편지에 아이를 낳아줘, 우리의 아이를, 하고 쓴 대목이 있지요. 니체의 에세이에도 내 아이를 낳아주었으면 하는 여자라는 말이 있고 말이에요. 전 아이를 낳고 싶어요. 행복이란 거, 그런 건 어찌 되어도 상관없어요. 돈도 있으면 좋겠지만 아이를 키울 수 있을 만큼만 있으면 그것으로 충분해요."

선생님은 이상한 표정으로 웃으면서 말했습니다.

"당신은 참 보기 드문 여자요. 누구 앞에서도 자기 마음속에 있는 말을 그대로 할 수 있는 사람이군요. 당신 같은 사람과 함께라면 내 일에도 새로운 영감이 솟을 것 같은데."

이런 학식 있는 예술가께서 하시는 일에 혹시라도 정말 제 힘으로 혈기를 되찾게 할 수 있다면 그것도 보람된 일이라 생각하지만, 그래도 저는 그 선생님 품에 안겨 있는 제 모습을 도저히 상상할 수 없었습니다.

"제게 당신을 향한 마음이 전혀 없다 해도 괜찮으세요?"

내가 살짝 미소를 띠고 물었더니, 그 선생님은 심각한 얼굴로 말했습니다.

"여자는 그래도 됩니다. 여자들은 아무 생각이 없어도, 그래도 됩니다."

"하지만 저 같은 여자는, 상대를 향한 마음 없이는 결혼 따위 생각할 수도 없습니다. 전 이제 다 큰 어른인걸요. 내년이면 벌써 서른이에요."

거기까지 말하고 저도 몰래 입을 틀어막고 싶은 기분이 들었습니다.

서른. 여자에겐 스물아홉까지는 소녀의 풋내가 남아 있다, 하지만 서른 살의 여자 몸에는 어딜 봐도 소녀다운 분위기는 남아 있지 않다고 한, 옛날에 읽은 어느 프랑스 소설 속 문구가 떠올라, 순간 주체할 수 없는 안타까움에 휩싸여서, 고개를 돌리고 밖을 보니 한낮의 태양 빛을 받은 바다가 유리 파편처럼 눈부신 빛을 쏘아대고 있었습니다. 그 소설을 읽었을 당시에는 그렇겠지, 하고 아무렇지 않게 끄덕이고 지나갔습니다. 서른 살로 여자로서의 생은 끝이라는 말에 태연스레 고개를 끄덕였던 그 시절이 그립습니다. 팔찌, 목걸이, 드레스, 허리띠가 하나둘 내 몸에서 떨어져나가면서 내 몸에 감돌던 소녀의 풋내도 점차 옅어졌겠지. 궁상맞은 중년 여자. 아아, 끔찍해. 하지만 중년 여자의 삶에도 여자로서의 생이, 아무렴 있겠죠. 요즘 그걸 깨닫게 됐어요. 영국인 여자 선생이 고국으로 돌아가실 때, 열아홉이던 제게 해준 말을 기억해요.

"넌, 사랑을 하면 안 돼. 넌 말이야, 그리되면 불행해질 거야. 누굴 사랑하려거든, 더 큰 다음에 해라. 서른이 지난 다음에 말이야."

하지만 그런 말을 들었어도 전 아무 생각이 없었습니다. 서른 살 이후의 일 따위는 그 당시 상상조차 할 수 없었으니까요.

"이 산장을 파실 거라는 소문을 들었소만."

선생님은 여우의 눈빛을 하고 갑자기 화제를 돌렸습니다.

전 웃었지요.

"죄송해요.《벚꽃 동산》*이 생각났어요. 그렇다면, 선생님이 사주시겠죠?"

선생님은 나의 비유를 눈치챘는지, 약간 성이 난 듯, 입술을 찌그러뜨리며 아무 대답도 하지 않았습니다.

어느 황족에게 신권 50만 엔을 받고 이 집을 이렇게 저렇게 하겠다는 이야기가 나온 것은 사실이지만, 그건 이미 다 지나간 일인데, 선생님은 그 소문도 허투루 넘기지 않은 모양입니다. 하지만 지금 내가 한 말이 그 선생님을《벚꽃 동산》에 나오

---

* 러시아 작가 안톤 체호프가 1903년에 쓴 희곡

는 로파힌*처럼 생각한다고 들렸는지, 언짢은 표정을 하고 별로 중요하지도 않은 주변 이야기만 몇 마디 더 하다가 돌아가 버렸습니다.

제가 지금 당신께 청하는 것은 로파힌이 아닙니다. 그 점은 확실히 말할 수 있습니다. 단지 이렇게 애타게 매달리는 중년 여자를 받아달라는 겁니다.

제가 처음 당신과 만난 것은 벌써 6년이나 지난 옛일입니다. 그때 전 당신이란 사람에 대해 아무것도 모르고 있었습니다. 그저 동생의 스승, 그것도 어느 정도는 불량한 스승 정도로만 생각했을 뿐이죠. 그리고 함께 컵에다 술을 마신 뒤, 당신은 제게 가벼운 장난을 하셨죠. 전 아무렇지 않았답니다. 단지 이상스레 몸이 공중에 붕 뜬 기분이 들었습니다. 당신을 좋아하는 또는 싫어하는 어떤 감정도 없었습니다. 그러는 동안 동생의 기분을 좀 맞춰주려고 당신이 쓴 책들을 빌려 어떤 건 재밌어하며 또 어떤 건 지루해하면서 읽었지요. 그다지 열심히 읽진 않았는데, 6년의 나날이 그렇게 흘러가면서 어느새 당신이란 존재가 물안개처럼 내 가슴속으로 스며든 겁니다. 그날 밤, 지하실 계단에서 우리가 한 일도, 불현듯 그 순간순간이 생생하게 떠올라, 뭔가 그건 내 운명을 결정할 정도로 중대한 순

---

* 《벚꽃 동산》의 등장인물로 농노의 자식이었으나 신흥 상인이 되어 몰락해 가는 라네프스카야 가문의 영지를 사들인다.

간이었다는 기분이 들고, 당신이 너무나 그리워서, 이것이 '사랑'일지도 모른다 생각하니 가슴이 옥죄어와 흐느껴 울었습니다. 당신은 다른 남자들과 전혀 다른 사람입니다. 저는 《갈매기》에 나오는 니나*처럼 작가에게 사랑을 느끼는 건 아닙니다. 저는 소설가를 동경하진 않습니다. 문학소녀라고 생각하신다면, 전 할 말이 없습니다. 저는 당신의 아이를 낳고 싶습니다.

훨씬 전에, 당신이 아직 홀몸이실 때, 그리고 저도 아직 야마키 씨와 결혼하지 않았을 그때, 우리가 만나 결혼했더라면 저도 지금처럼 괴로워하지 않고 살았을지 모르겠습니다. 저는 이제 당신과 결혼은 불가능한 일이라고 단념하고 있습니다. 당신 부인을 밀어내는 일 같은 그런 교활한 폭력은, 전 싫습니다. 저는 애첩(이런 단어는 죽어도 입에 올리고 싶지 않지만, 애인이란 말로 바꿔봤자 의미는 마찬가지니 확실히 말하죠)이라는 신분도 참을 수 없어요. 하지만 보통 첩의 생활이란 무척이나 어려운 일 같아요. 사람들 말로는 첩은 보통 볼일이 끝나면 버려진대요. 나이가 육십 가까이 되면 어떤 남자라도 다 본처에게로 돌아가게 된다는 거죠. 그러니 첩 따윈 영 할 짓이 못 된다고, 니시카타초의 하인과 유모가 하는 얘길 들은 적이 있어요. 하지만 그건 보통의 첩들 이야기고 우리의 경우는 다르다는 생각이 들어요. 당신한테 가장 중요한 건 역시 당신의 일이라고 생각해요.

---

* 안톤 체호프가 쓴 희곡《갈매기》의 주인공

그리고 당신이 절 좋아하신다면 우리 두 사람이 사이좋게 지내는 게 당신이 일을 하시기에도 좋을 거고요. 그러면 당신 부인도 우리 두 사람의 일을 납득해줄 것 아니겠어요? 참으로 교묘하게 잘도 짜 맞춘 변명이라고 할지 모르지만, 그래도 전 제 생각이 어디 한 군데 틀린 점은 없다고 생각해요.

문제는 당신 답변에 달렸어요. 저를 좋아하시는지 싫어하시는지, 아니면 저에 대해 아무 생각도 없으신지 당신의 답변이 무척이나 두렵지만, 꼭 들어야겠습니다. 얼마 전 보낸 편지에도 전 '매달리는 애인'이라고 쓰고, 또 이 편지에도 '매달리는 중년 여자'라고 썼는데, 지금 다시 생각해보니 당신이 답장을 보내주지 않으면, 전 매달리려 해도 실오라기 하나 붙잡을 곳 없이 그저 혼자 멍하니 허공만 바라보다 말라갈 겁니다. 당신의 한마디가 없으면 전 이대로 끝입니다.

지금 문득 떠오른 생각인데 말이죠, 당신은 소설 속에서 꽤 자주 연애담 같은 걸 써서 사람들 사이에 악명이 높지만, 사실 당신은 아주 상식적인 사람이잖아요. 전 상식이라는 게 뭔지 모르겠어요. 좋아하는 일을 할 수 있으면 그게 좋은 생활이라고 생각해요. 저는 당신의 아이를 낳고 싶어요. 다른 사람의 아이는, 무슨 일이 있어도 낳고 싶지 않아요. 그래서 지금 당신께 이렇게 이야기하는 겁니다. 제 마음을 아셨으면 제발 답변해주세요. 당신의 마음을 분명하게 알려주세요.

비가 그치고 바람이 불기 시작했습니다. 지금은 오후 세 십니다. 이제부터 일급 술 $_{酒}$ 을 배급받으러 갈 겁니다. 럼주 병을 봉지에 넣고, 윗주머니엔 이 편지를 넣고, 10분 정도 있다가 아랫마을로 내려갈 겁니다. 그 술은 동생에게 주지 않을 거예요. 제가 마실 거예요. 매일 밤, 컵에다 한 잔씩 따라 마실 거예요. 술은 컵에 마시는 게 제대로 마시는 거지요.

이쪽으로 한번 오시지 않겠어요?

M·C께

오늘도 비가 내립니다. 눈에 보이지 않을 정도로 가는 이슬비가 내리고 있습니다. 아무 데도 가지 않고 매일매일 당신의 답장을 기다리고 있지만 결국 오늘까지 소식은 없었습니다. 도대체 당신은 무슨 생각을 하고 계신 거죠? 며칠 전 보낸 편지에 쓴 그 선생님 이야기가 언짢으셨나요? 그런 혼담 얘길 써서 쓸데없는 경쟁심을 일으키려 한다고 생각하셨나요? 하지만 그 혼담은 그것으로 끝났습니다. 조금 전에도 어머니와 그 얘길 하며 웃었답니다. 어머니는 얼마 전에 혀끝이 아프다고 하셨는데, 나오지가 시키는 대로 미학 치료를 받고는 통증이 사라져서 요즘엔 상태가 좀 좋아지셨습니다.

아까 툇마루에서 휘휘 감돌며 내리는 안개비를 바라보며 당신의 심정을 헤아리고 있는데, 어머니가 "우유 데워놓았으니 어서 들어와" 하고 식당 쪽에서 부르셨습니다.

"밖이 쌀쌀해서 일부러 뜨겁게 끓였어."

우리는 식당에서 더운 김이 올라오는 뜨거운 우유를 마시며 혼담이 있었던 그 선생님에 대해 이야기했습니다.

"그분과 전 애당초 어울리지 않죠?"

말을 꺼냈더니, 어머니는 변함없는 표정으로 "안 어울려" 하셨습니다.

"저, 이렇게 철이 없잖아요. 사실 예술가라는 걸 싫어하는 것도 아니고 게다가 그분은 돈도 많이 버는 것 같으니, 그분과 결혼하면 그것도 나쁘진 않다고 생각해요. 하지만 그게 안 돼요."

어머니는 웃으셨습니다.

"가즈코는 못쓰겠구나. 그렇게 안 된다고 하면서 며칠 전 그분과 둘이 즐겁게 이야기를 나누었잖니. 나는 네 속을 모르겠다."

"어머나, 그야 재밌긴 했죠. 저는 좀 더 여러 가지 이야기를 해보고 싶었어요. 제가 신중치 못했죠."

"아니야, 그게 바로 너야. 가즈코 바로 너."

어머니는 오늘 몸 상태가 아주 좋으십니다.

그리고 어제 처음 위로 틀어 올린 내 머리를 보시고는 한말씀하셨죠.

"머리를 그렇게 틀어 올리는 건 머리숱이 적은 사람이 하는 거야. 네 머리는 너무 눈에 띄어서 꼭 금관을 얹은 것처럼 보여. 영 아니다."

"어머, 실망이네요. 언젠가 어머니가 가즈코는 목덜미가 뽀얗고 예쁘니 가능하면 목덜미를 가리지 말라고 하셨잖아요."

"그런 말은 잘도 기억하고 있구나."

"조금이라도 칭찬받은 일은 평생 잊지 않아요. 머릿속에 담아두면 즐거운걸요."

"얼마 전에 그분한테서도 뭔가 칭찬받았지?"

"맞아요. 그래서 또 금방 제 본색이 드러났죠, 뭐. 저랑 함께 있으면 영감이, 아아, 정말 싫어. 전 예술가를 싫어하진 않지만 그렇게 교양 있는 척, 점잔 빼는 사람은 정말 못 봐주겠어요."

"나오지의 스승은 어떤 분이시니?"

순간, 온몸의 피가 얼어붙는 것 같았습니다.

"잘은 모르지만 아무튼 나오지랑 함께 어울리는 선생님인걸요. 불량한 사람이라고 꼬리표가 붙어 있는 것 같아요."

"꼬리표?"

어머니는 재밌다는 듯이 두 눈을 반짝였어요.

"재밌는 말이네. 꼬리표가 붙었다면 오히려 안전하고 좋지 않니? 방울을 목에 매단 아기 고양이 같이 귀엽잖아. 꼬리표가 붙지 않은 불량이 진짜 무서운 법이지."

"그런가요?"

전 너무 기뻐서, 너무너무 기뻐서, 몸뚱이가 한 줄기 연기가 되어 쓱 하늘로 빨려 들어가는 기분이었어요. 그런 기분 아세요? 왜 제가 기뻤는지, 제 마음을 몰라주신다면, ……때려줄 거예요.

꼭 한번 이쪽에 놀러 오시지 않겠어요? 제가 먼저 나오지에게 당신을 모셔 오라고 말하는 것도 좀 그러니까, 당신이 그저 술김에 불쑥 들른 것처럼 해서 오시라고요. 나오지가 모시고 와도 되지만, 될 수 있으면 혼자서 그리고 나오지가 도쿄에 가고 없을 때 오세요. 나오지가 있으면 당신을 나오지가 독차지하고는, 분명히 둘이서 오사키 씨네로 소주 같은 거나 마시러 나가버려, 거기서 끝날 게 뻔할 테니까 말이에요. 우리 집안은 선조 대대로 예술가를 좋아한 모양이에요. 코린*이라는 화가도 옛날 우리가 살던 교토의 집에 오랫동안 머물면서 맹장지에 멋진 그림을 그려준 적이 있어요. 그러니까 어머니도 틀림없이 당신이 찾아오면 좋아하실 거예요. 당신은, 아마 2층 서양식 방에서 주무시게 될 거예요. 그러면 잊지 말고 전등을 꼭 꺼두세요. 저는 작은 촛불을 한 손에 들고 컴컴한 계단을 살금살금 올라가, 그러면 안 되나? 너무 빠르네요.

전 말이죠, 불량한 게 좋아요. 그것도 꼬리표가 붙은 불량을 좋아해요. 저도 그렇게 꼬리표가 붙었으면 좋겠어요. 그러는 게 제가 유일하게 살길 같아요. 당신은 일본 제일의 꼬리표 붙은 불량자죠? 그리고 요즘은 또 많은 사람이 당신을 지저분하다, 천박하다, 하면서 심한 말로 공격한다고 동생한테 들었어요. 전 점점 더 당신이 좋아지는 거 있죠? 당신은 분명히 이런

---

* 에도 시대 중기에 활동한 교토 출신의 화가이자 공예가, 오가타 코린尾形光琳 (1658~1716). 대담하고 독특한 화풍으로 근세 장식화의 최고봉이라 평가받는다.

저런 여러 부류의 친구들이 있으시겠지만, 이제부턴 저 한 사람만 좋아하시게 될 거예요. 왠지 모르게, 전 그게 정답 같아요. 그리고 당신은 저와 함께 살며 매일매일 즐겁게 작업을 할 수 있겠죠. 어릴 때부터 전 사람들에게 자주, '너랑 같이 있으면 피곤이 다 풀린다'라는 말을 들었어요. 저는 지금까지 남들에게 미움을 받았던 적이 없어요. 모두 절 착한 아이라고 말해주었거든요. 그러니 당신도 절대로 절 싫어하실 리는 없다고 생각해요.

만나기만 하면 돼요. 이젠 편지고 뭐고 다 필요 없어요. 그저 한 번만 만나주세요. 제 쪽에서 도쿄에 있는 당신 댁으로 찾아가면 가장 쉽게 만날 수 있지만, 어머니가 늘 와병 중이나 다름없어 저는 붙박이 간호사 겸 하녀 노릇을 해야 해서 도저히 무작정 올라갈 순 없답니다. 제발 부탁드려요. 아무쪼록 절 찾아 이쪽으로 한번 와주세요. 딱 한 번만이라도 얼굴을 보고 싶습니다. 모든 것은 우리가 만나면 알게 될 일. 제 입가에 생긴 희미한 주름을 봐주세요. 슬픈 나날이 만든 주름을 봐주세요. 제가 하는 어떤 말보다 제 얼굴이 제 심정을 또렷이 당신께 알려드릴 겁니다.

처음 드린 편지에 제 가슴속 무지개에 대해 썼는데, 그 무지개는 개똥벌레의 빛 같은 또는 별빛 같은 그런 고상한 아름다움을 가진 것이 아닙니다. 그렇게 아련하고 먼 생각이었다면 이렇게 괴로워하지 않고 점차 당신을 잊을 수 있었겠지요. 제 가슴속 무지개는 불꽃이 이는 다리입니다. 가슴이 타들어 가는 상념입니다. 마약 중독자가 마약이 다 떨어져 그 약을 구하러 헤맬 때의 심정도 이만큼 절절하진 않을 겁니다. 분명 잘못된 상념은 아니라 생각하면서도 제가 너무나 어리석은 일을 저지르려고 하는 건 아닌가 싶어 소름이 끼칠 때가 있습니다. 아주 미쳐 날뛰고 있는 건 아닌가 반성하는, 그런 기분도 꽤 자주 듭니다. 하지만 저도 냉정하게 계획하고 있는 일이 있습니다. 제발 이쪽으로 꼭 와주세요. 언제 오셔도 상관없습니다. 저는 어디에도 가지 않고, 언제나 이곳에서 당신을 기다리고 있을 겁니다. 제 말 믿어주세요.

단 한 번만이라도 만나서, 그때 제가 싫다면, 그렇다고 확실히 말해주세요. 제 가슴속 불꽃은 당신이 붙인 것이니 당신이 꺼주셔야 해요. 저 혼자 힘으로는 도저히 불가능한 일입니다. 어쨌거나 만나면 우리가 서로 얼굴을 마주하면, 전 숨을 쉴 수 있을 것 같습니다. 《만엽집萬葉集》*이나 《겐지 이야기源氏物語》** 시대였다면, 제가 지금 고백하는 이야기는 아무것도 아닌 일이었을 텐데. 저의 바람. 당신의 첩이 되어 당신 아이의 어미가 되는 일.

---

* 현존하는 일본 최고最古의 노래집
** 11세기 초 헤이안 시대 중기에 무라사키 시키부紫式部가 쓴 장편 소설. 겐지 왕자가 살면서 여러 여자를 만나고 사랑을 나누는 이야기로 귀족 사회의 모습을 잘 그려냈다.

이런 편지를 비웃는 사람이 있다면, 그 사람은 여자가 살아가려는 노력을 조롱하는 사람입니다. 여자의 생명을 조롱하는 사람입니다. 저는 항구에 꼼짝 않고 고여 있는, 숨 막힐 듯한 공기 속에서는 숨을 쉴 수 없어, 폭풍우가 몰아치더라도 닻을 올려 항구 밖으로 나가고 싶습니다. 머물러 있는 배는 예외 없이 더럽습니다. 저를 비웃는 사람들은 틀림없이 모두 정박해 있는 배입니다. 아무것도 할 수 없는, 그저 떠 있는 배 말입니다.

고민하는 여자. 그러나 이 문제로 가장 괴로워하는 사람은 바로 접니다. 이 문제에 대해서 아무런, 일말의 괴로움도 없는 방관자들이 닻을 내린 채, 이 문제를 비판하는 건 그야말로 난센스입니다. 저를 두고 자기들 마음대로 무슨무슨 사상을 가졌느니 하며 당치도 않은 말을 쑥덕대는 건 듣고 싶지도 않습니다. 저는 무사상입니다. 저는 태어나서 지금까지 무슨 사상이나 철학 따위를 따라 행동한 적은 단 한 번도 없습니다.

세간에서 좋은 평을 듣고 존경받는 사람들은 모두 거짓말쟁이고, 위선자란 걸 전 알고 있습니다. 저는 세상을 믿지 않습니다. 불량하다는 꼬리표 달린 것만이 제 편입니다. 꼬리표 달린 불량자. 저는 그 십자가에만큼은 매달려 죽어도 좋다고 생각합니다. 만인에게 비난받더라도 전 목청껏 응수해줄 수 있습니다. 너희들은 꼬리표가 붙지 않은 정말로 위험한 불량자들 아니냐고.

제 말뜻 아시겠어요?

사랑하는 데 이유는 없습니다. 변명 아닌 변명을 너무 늘어놓았습니다. 제 동생의 말투를 흉내 낸 것 같기도 합니다. 그저, 오시길 기다릴 뿐입니다. 꼭 한번 만나 뵙고 싶습니다. 그뿐입니다.

기다림. 아아, 인간의 삶에는 기뻐하고 화내다가 슬퍼하고 증오하는 여러 가지 감정이 뒤섞여 있지만, 그래도 인생의 1퍼센트 정도밖에 되지 않는 감정들이고 나머지 99퍼센트는 그저 기다리며 사는 것 아닐까요. 행복의 발소리가 복도에 들려오길, 이제나저제나 두 손 모아 기다리다가 공허. 아아, 인생이란 너무 비참해. 태어나지 않았으면 좋았을 거라고 모두가 생각하며 사는 이 현실. 매일 아침부터 밤까지 끊임없이 무언가를 기다립니다. 너무나 비참합니다. 태어나길 잘했다고, 아아, 이 목숨을, 인간을, 이 세상을, 보고 기쁜 마음으로 웃게 해주세요.

앞길을 가로막는 도덕을 뿌리칠 순 없습니까?

M · C

(마이 체호프의 이니셜이 아닙니다.
저는 작가를 사랑하는 게 아닙니다. 마이 차일드.)

5

나는 올여름 한 남자에게 세 통의 편지를 보냈지만 답장
은 한 장도 오지 않았다. 아무리 생각해도 내게는 그 외에
다른 살길이 없다고 생각하고 세 통의 편지에 내 가슴속 이
야기를 모두 털어놓았던 터라, 절벽 끝에 서서 성난 파도
속으로 몸을 던지는 심정으로 우체통에 넣었건만 기다리고
또 기다려도 답장은 오지 않았다. 나오지에게 그 얘기는 함
구하고 그 사람에 관한 얘길 들어보니, 그는 이전과는 아무
것도 변한 게 없이 매일 밤 술이나 마시며 돌아다니고 점점
더 부도덕한 이야기를 써서 세상의 빈축을 사고 지탄받고
있는 모양이다. 그는 이야기 끝에 나오지에게 출판업을 시
작해보는 게 어떻겠냐고 부추겼고, 나오지는 허파에 바람
이 잔뜩 들어가서 그 사람 외에도 두세 명의 소설가에게 고
문을 부탁해두었다는 둥, 자본금을 대줄 사람도 있다는 둥,
뭐라며 떠드는데 나오지가 하는 얘길 듣고 있으면 내가 사

랑하는 사람의 신변에 나에 관한 기색은 눈곱만큼도 묻어 있는 것 같지 않다. 그래서 부끄럽다기보다, 이 세상이 내가 생각하는 세상과는 전혀 별개의 생명체 같다는 생각이 든다. 그저 나 혼자 멀찍이 동떨어져 불러봐도, 소리쳐봐도 아무 메아리도 없는, 황혼의 가을 들녘에 초라하게 서 있는 듯한, 지금까지 맛본 적 없는 처절한 고독에 휩싸인다. 이게 그 실연이란 것일까. 들녘에 이렇게 홀로 허수아비처럼 서 있는 사이, 해도 지고 마침내 밤이슬에 얼어 죽는 것 외에 다른 길은 없는 걸까 생각하면 메마른 통곡으로 어깨와 가슴이 부서질 듯 요동치고 숨조차 쉴 수 없다.

이제 더는 기다릴 수 없다, 어떻게든 상경해서 우에하라 씨를 만나야지, 나의 돛은 이미 하늘 위로 솟고 항구 밖으로 나왔으니 이대로 서 있을 수는 없다, 가야 할 곳을 향해 떠나야 한다, 이렇게 소리 없이 도쿄로 갈 마음의 준비를 하던 차에 어머니의 상태가 심상치 않았다.

어느 날 밤 기침이 심하게 나서 열을 재보았더니, 39도였다.

"오늘 날이 추워서 그렇지. 내일이면 괜찮을 거야."

어머니는 여전히 콜록대면서 가느다란 목소리로 말씀하셨지만, 내 눈에는 왠지 보통 기침 같지는 않아 무슨 일이 있어도 내일은 아랫마을 의사에게 왕진을 부탁해야겠다고 결심했다.

다음 날 아침, 열은 37도로 내려가고 기침도 많이 잦아들었다. 그래도 난 마을 의사를 찾아가 어머니가 요즘 많이 쇠약해진 데다 어젯밤부터 다시 열이 나고 기침도 보통 감기와는 다른 것 같다고 설명하며 진찰을 부탁했다.

선생님은, 그러면 조금 있다가 뵙겠다고, 다른 사람에게 선물 받은 거라면서 응접실 찬장에서 배를 세 개 꺼내 건네주셨다. 그리고 점심때가 약간 지나 속이 들여다보이는 흰색 빗살 무늬의 하오리를 입고 왕진을 오셨다. 그전처럼 정중하고 꼼꼼하게 오랜 시간 청진도 하고 타진도 하더니, 심각한 얼굴로 날 바라보며 말씀하셨다.

"걱정하실 것 없습니다. 이 약 드시면 나을 겁니다."

나는 이상하게도 웃음이 나 억지로 참고 여쭤보았다.

"주사라도 놓으면 어떨까요?"

"그럴 것까진 없습니다. 감기니까 조용히 누워서 쉬시면 곧 떨어질 겁니다."

선생님은 다시 심각한 얼굴로 말씀하셨다.

하지만 일주일이 지나도록 어머니는 열이 내리지 않았다. 기침은 그쳤지만 체온은 아침엔 37도 7분 정도였다가 저녁이면 39도까지 올랐다. 의사 선생님은 그다음 날부터 본인이 배탈이 났다며 휴진을 하는 바람에 나는 약을 타러 가서 어머니의 상태가 별로 나아지지 않았다고 간호사를 통해 전했다. 하지만 그냥 감기니 걱정할 필요 없다는 말만 되풀

이하며 물약과 가루약을 지어주셨다. 나오지는 도쿄로 원정 가서 벌써 열흘째 돌아오지 않았다. 나는 혼자서 너무 걱정된 나머지 어머니의 상태가 이렇다는 걸 엽서에 적어 외삼촌께 보냈다.

열이 나기 시작한 지 그럭저럭 열흘째 되는 날, 의사 선생님이 겨우 배탈이 나았다고 하시며 왕진을 오셨다. 선생님은 어머니의 가슴을 주의 깊게 타진해보다가 "알았습니다. 알았어요" 하고 외치더니 다시 심각한 얼굴로 날 돌아보았다.

"열이 나는 원인을 알았습니다. 왼쪽 폐에 침윤이 있습니다. 하지만 걱정하실 건 없습니다. 당분간 열은 계속 날 테지만 조용히 쉬시면 됩니다."

정말 그러면 될까 싶었지만 그나마 선생님의 진단에 약간의 안도감도 들었다.

의사가 돌아간 다음 "다행이에요, 어머니. 아주 약한 폐침윤 증상이래요. 보통 사람들이 많이 걸리는 병이에요. 마음을 다잡고 계시면 말끔히 나으실 거예요. 올여름 날씨가 변덕스러워서 그랬지 싶어요. 여름은 정말 싫어. 난 여름에 피는 꽃도 다 싫어요."

어머니는 눈을 감으며 미소를 지으셨다.

"여름꽃을 좋아하는 사람은 여름에 죽는다고 해서, 나도 올여름에 가려나 생각했더니, 나오지가 돌아오는 바람에 가을까지 버텼네."

저 모양인 나오지가 어머니의 삶을 지탱해주는 기둥이었나 생각하니 가슴이 저렸다.

"그렇다면 뭐, 이제 여름도 다 지나갔으니 어머니의 위험한 시기도 한고비 넘긴 셈이네요. 어머니, 정원에 싸리꽃이 피었어요. 그리고 마타리꽃, 오이풀, 도라지꽃, 솔새, 참억새. 완전히 가을 정원으로 바뀌었어요. 10월이 되면 열도 내릴 거예요."

나는 그러길 빌었다. 하루빨리 이 9월의, 푹푹 찌는 늦더위가 물러갔으면 좋겠다. 국화가 피고 화창하고 따뜻한 하루하루를 보내다 보면, 틀림없이 어머니의 열도 내려가 건강해지고 나도 그 사람과 만나게 되어 내 계획도 만개한 국화꽃처럼 화려하게 빛을 볼 수 있을지도 모른다. 아아, 빨리 10월이 되어 어머니의 열이 내렸으면 좋겠다.

와다의 외삼촌에게 엽서를 띄운 지 일주일 정도가 지나, 외삼촌의 주선으로 왕년에 황궁 주치의를 지낸 미야케 선생이 간호사를 대동하고 도쿄에서 왕진을 오셨다.

연세가 많은 선생님은 돌아가신 아버지와도 친분이 있던 분이어서 어머니는 무척이나 반가운 모양이었다. 게다가 그 선생님은 옛날부터 아주 막역하게 행동하고 말투도 거칠었는데, 그 또한 어머니를 편안하게 했는지 두 분은 얼굴을 마주하자마자 진찰 가방은 옆으로 치워두고 일단 회

포를 푸는 데 여념이 없는 듯 보였다. 내가 직접 푸딩을 만들어 방으로 들고 들어갔더니 그사이에 벌써 진찰을 마쳤는지 선생님은 청진기를 장난스럽게 목걸이처럼 어깨에 걸친 채 방 안에 있는 등나무 의자에 앉아 "나 같은 사람도 포장마차에 들어가 우동을 서서 먹는데 말이야, 그게 도대체 맛이 있는 건지 없는 건지 모르겠단 말이야" 하고 태평스레 딴소릴 계속하신다. 어머니도 아무렇지도 않은 표정으로 천장을 바라보며 그 이야기를 듣고 계신다. 큰 병이 아니었구나, 하고 나는 마음을 놓았다.

"어때요? 이 마을 의사 선생님은 왼쪽 폐에 침윤이 있다고 말씀하셨는데."

얼른 궁금한 걸 노新 선생님께 물었더니, 선생님은 표정 하나 안 변하고 가볍게 말씀하셨다.

"뭐가 어때서, 끄떡없어."

"아이, 다행이야, 어머니."

그제야 난 가슴속이 다 후련해져 활짝 웃으며 어머니에게 말했다.

"괜찮으시대요."

그때 미야케 선생님이 등나무 의자에서 벌떡 일어나 응접실 쪽으로 나가셨다. 뭔가 내게 따로 할 말이 있는 듯해 살짝 뒤를 따랐다.

선생님은 응접실 벽걸이 옆에 서서 "꾸룩꾸룩, 소리가 난

다"고 하셨다.

"폐침윤이, 아니에요?"

"아니야."

"그럼 기관지염 아닐까요?"

나는 벌써 눈물이 고이기 시작했다.

"아니다."

결핵! 나는 믿고 싶지 않았다. 폐렴이나 침윤이나 기관지염쯤이라면 꼭 내 힘으로 낫게 해드릴 수 있다. 하지만 결핵이라면 아아, 그건 가망이 없을지도 몰라. 발밑이 꺼져버리는 것 같았다.

"소리가, 아주 나빠요? 꾸룩꾸룩 그래요?"

너무나 걱정이 돼서 나는 훌쩍거리기 시작했다.

"왼쪽, 오른쪽 전부 다."

"하지만 어머니는 아직 건강하신걸요. 진지도 맛있다, 맛있다 하시면서……."

"별수 없어."

"거짓말이죠? 그럴 리가 없죠? 버터랑 달걀이랑 우유랑 많이 드시게 하면 좋아지시겠죠? 몸에 저항력이 생기면 열도 내릴 거 아니에요?"

"음, 뭐든지 많이 드셔야지."

"그렇죠? 제 말이 맞죠? 토마토도 매일매일 다섯 개 정도는 드신다구요."

"음, 토마토는 괜찮아."

"그럼, 괜찮죠? 꼭 나으시겠죠?"

"하지만 이번 병은 생명에 지장을 줄 수도 있어. 마음의 준비를 하는 게 좋아."

사람의 힘으로 어찌해도 안 되는 일이 이 세상엔 얼마든지 있다는, 절망의 벽을 나는 태어나서 처음으로 맛본 것 같았다.

"앞으로 2년? 3년?"

나는 달달 떨면서 기어들어 가는 소리로 물었다.

"나도 뭐라 말 못 한다. 아무튼 이 단계에선 손쓸 방도가 없다."

미야케 선생은 그날 이즈의 나가오카 온천에 있는 여관을 예약하셨다며 간호사와 함께 돌아가셨다. 문밖까지 배웅하고 정신이 반은 빠져서 방으로 돌아와 어머니 머리맡에 앉아 아무 일도 없었다는 듯이 웃음을 지으려 하는데 어머니가 먼저 물으셨다.

"선생님께서 뭐라 하시든?"

"열만 내리면 된대요."

"폐 쪽은 어떻대?"

"대단한 건 아닌 것 같아요. 저기 있잖아요, 언젠가 병 걸렸을 때나 같은 거예요. 이제 선선해지면 점차 좋아지실 거예요."

나는 지금 내가 하는 거짓말을 믿으려 했다. 생명에 지장이 올 수도 있다는 그런 무서운 말은 잊으려 했다. 내게서 어머니가 사라져버린다는 것, 그건 내 육신도 같이 없어져버리는 듯한 느낌이어서 도저히 받아들일 수 없는 일이었다. 이제부턴 다른 건 아무것도 생각하지 말고 그저 어머니에게 뭐든지 많이, 양껏 잡숫게 해드려야지. 생선, 수프, 통조림, 간, 고깃국, 토마토, 달걀, 우유, 맑은장국, 두부가 있으면 좋을걸. 두부 넣은 된장국. 흰쌀밥. 떡. 맛있는 거라면 무엇이든 내가 가지고 있는 것은 모두 내다 팔아서 어머니께 대접해드려야지.

나는 일어나서 응접실로 갔다. 그러고 나서 응접실에 있는 긴 의자를 방 앞 툇마루 가까이로 옮겨, 어머니의 얼굴이 잘 보이는 자리에 앉았다. 누워 계신 어머니의 얼굴은 전혀 환자 같지 않았다. 눈은 여전히 아름답게 맑았고, 안색도 생생했다. 매일 아침 제시간에 일어나서 세수를 하시고는 욕실 앞 다다미 석 장짜리 방에서 손수 머리를 손질하고, 옷매무새를 다듬고 나서 자리로 돌아와 침상에 앉으신 채 식사를 끝내면, 침상에 누웠다 일어났다 하시며 오전 내내 신문이나 책을 읽으신다. 그러다가 열이 오르는 건 오후 시간뿐이다.

'아아, 어머니는 건강하셔. 별일 없으신 거야.'

나는 마음속으로 미야케 선생의 진단을 강하게 부인했다.

10월이 되어 국화꽃이 필 무렵이면, 하고 생각하는 동안 나는 꼬박꼬박 졸다 선잠이 들었다. 현실 속에서는 한 번도 본 적이 없는 풍경인데 그래도 꿈속에서는 때때로 그 풍경을 보고, 아아, 또 이곳에 왔구나 싶은, 눈에 익은 숲속 호숫가에 내가 있었다. 나는 전통복을 입은 청년과 발소리도 내지 않고 함께 걷고 있었다. 풍경 전체가 초록색 안개에 휩싸여 있는 듯한 느낌이었다. 그리고 호수 물밑에 새하얗고 고급스러운 다리가 가라앉아 있다.

"아아, 다리가 가라앉아 있어. 오늘은 다른 곳에 갈 수가 없어. 근처 호텔에서 머물러야겠다. 분명히 빈방이 있을 거야."

호수 주변에 돌로 지은 호텔이 있었다. 그 호텔의 돌들은 초록색 안개에 촉촉이 젖어 있다. 돌문 위에 금빛 문양으로 가늘게, HOTEL SWITZERLAND라고 새겨 있었다. '스위-' 하고 읽는 동안에 문득 어머니가 떠올랐다. 어머니는 뭘 하고 계실까? 어머니도 이 호텔에 계실까? 궁금했다. 그래서 청년과 함께 돌문을 지나 앞 정원으로 들어갔다. 안개에 싸인 정원에 수국 비슷한, 빨갛고 큰 꽃송이가 불꽃이 일 듯 피어 있었다. 어릴 적 덮던 이불 위에 새빨간 수국꽃이 점점이 수 놓여 있는 걸 보고 이상하게도 울적했는데, 역시 빨간 수국꽃이 정말 있긴 있구나 생각했다.

"춥지 않아?"

"응, 약간. 안개에 귀가 젖어서 좀 시려워."

웃으며 말하고, "어머니는 뭘 하실까?" 하고 물었다.

그러자 그 청년은 아주 동정 어린 서글픈 미소를 띠며 대답했다.

"그분은 묘지에 계셔."

"아."

나는 조그맣게 비명을 질렀다. 그랬구나, 어머니는 벌써 이 세상에 안 계시는구나. 어머니의 장례식도 이미 끝났잖아. 그래, 어머니는 이제 정말 돌아가신 거야, 하고 깨닫고는 형용할 수 없는 외로움에 몸부림치다 눈을 떴다.

베란다는 이미 붉은 노을에 잠겼다. 비가 오고 있었다. 초록색 외로움이, 꿈속에 그랬던 것처럼, 내 주위에 떠돌고 있었다.

"어머니."

내가 소릴 냈다.

조용한 음성으로 "뭐 하니?" 하는 대답이 들린다.

나는 너무 기뻐서 벌떡 일어나 방으로 갔다.

"지금 말이에요, 저 깜박 잠이 들었어요."

"그래, 뭘 하고 있나 했지. 낮잠을 참 길게도 잤네."

어머니는 재밌으신지 그리 말하며 웃으셨다.

나는 어머니가 여전히 우아하게 숨 쉬며 살아 계신 것이 너무나도 기뻐서, 너무나도 고마워서, 눈물이 한가득 고였다.

"오늘 저녁은 뭐로 할까요? 드시고 싶은 거 있으세요?"

나는 약간 들뜬 목소리로 그리 말했다.

"아니, 아무것도 필요 없어. 오늘은 39.5도까지 올랐어."

순간, 나의 기분은 푹 사그라들었다. 그러고 나선 다시 막막해져서 어스름한 방 안을 초점 없는 눈으로 휘 둘러보고, 문득 죽고 싶어졌다.

"어찌 된 거예요, 39.5도라니."

"아무것도 아니야. 그저 열이 나기 전이 더 힘들어. 머리가 좀 아프고 몸이 으슬으슬하다가 열이 나는 거야."

밖은 벌써 어두워지고 비는 그친 듯한데 대신 바람이 불기 시작했다. 불을 켜고 식당으로 가려는데 어머니가 "눈이 시리니 전등은 켜지 말아라" 하셨다.

"캄캄한 데서 계속 누워 계시는 거, 싫으시잖아요."

내가 선 채로 물었다.

"눈을 감고 누워 있으니까 어차피 마찬가지야. 난 전혀 외롭지 않아. 오히려 눈 시린 게 거슬려. 이제부터는 방에 불은 켜지 말아줘."

이렇게 부탁하셨다.

나는 다시 불길한 예감이 들어 잠자코 방의 불을 끄고 옆방으로 가서 스탠드를 켰더니 못 견디게 외로워졌다. 곧바로 일어나 식당으로 가서 연어 통조림을 찬밥 위에 얹어 입에 틀어넣는데, 눈물이 뚝뚝 떨어졌다.

바람은 밤이 되자 점점 더 거세게 불더니 9시경부터는

빗방울이 흩뿌리다 본격적인 폭풍우로 변했다. 2, 3일 전에 말아 올린, 툇마루에 매달린 발이 투둑투둑 소리를 낸다. 나는 옆방에서 로자 룩셈부르크가 쓴 《경제학 입문》을 묘한 흥분을 느끼며 읽었다. 며칠 전 2층 나오지의 방에서 가져온 책인데, 그때 《레닌 선집》, 카우츠키의 《사회 혁명》 등도 말없이 가지고 나와 내 책상 위에 두었다. 어머니가 아침에 씻고 방으로 가시다가 내 책상 위에 놓인 세 권의 책들을 한 권 한 권 손에 들고 들여다보시고는, 짧은 한숨을 내쉬고 다시 살짝 책상 위에 얹어놓고 쓸쓸한 표정으로 나를 돌아보셨다. 그 눈빛은 깊은 슬픔으로 그득했지만 결코 거부나 혐오의 눈빛이 아니었다. 어머니가 읽는 책은 위고, 뒤마 부자父子, 뮈세, 도테 등이었는데, 나는 그런 부류의 감미로운 이야기책 속에도 혁명적 냄새가 스며 있다는 걸 알고 있다. 어머니처럼 천성적인 교양이라고 말하면 뭣하지만 그런 성향을 지닌 사람은 예외 없이, 혁명을 당연하게 받아들일지도 모른다. 나도 이런 로자 룩셈부르크의 책을 읽고 아니꼽게 받아들이는 부분이 전혀 없지는 않지만 그래도 역시 내 나름대로 깊은 감흥을 받았으니까. 겉장에는 '경제학'이라고 쓰여 있어도 경제학으로만 읽으면 정말이지 아무것도 아닌 책이다. 너무나 단순하고 뻔히 알고 있는 내용뿐이다. 아니, 어쩌면 나는 경제학을 전혀 이해하지 못하는지도 모른다. 아무튼 나에겐 전혀 흥미롭지 않다. 인간이란 쩨쩨한 존재이며 그렇게 영원히 쩨쩨한 속성을 벗어나지 못한다는 전제 없이는 절대 성립하지 않는 학문으로, 쩨쩨하지 않은 사람은 분배의 문제건 뭐건 간에 털끝만큼도 관심이 없을 내용이다. 하지만 나는 이 책을 읽고 색다른 대목에서 묘한 감흥을 받았다. 내가 주목한 부분은, 이 책의 저자가 조금도 주저하지 않고 아주 작은 일부터, 전해 내려오는 사상을 타파해가는 돌파력이다. 아무리 도덕에 위배되더라도 사랑하는 사람이 있는 곳으로 망설임 없이 달려가는 유부녀의 모습을 연상케 한다. 파괴 사상. 파괴는 애달프고 슬프고 아름답다. 파괴하고 다시 세우고 완성하고자 하는 꿈. 그리고 한번 파괴하면 영원히 완성할 날이 오지 않을지도 모르지만 그래도 그 절절한 사랑 때문에 파괴하지 않으면 안 된다. 혁명을 일으키지 않으면 안 된다. 로자 룩셈부르크는 마르크스주의를 향해 서글픈 외사랑을 했다.

12년 전 겨울이었다.

"너는 《사라시나 일기更級日記》*의 소녀야. 이젠 무슨 말을

---

* 헤이안 시대 중기에 귀족 스가와라노 다카스에의 딸(이름은 전해지지 않음)이 자기 인생을 되돌아보며 쓴 회고록. 젊은 날 동경한 세계, 현실에 눈뜬 중년, 종교에 심취한 만년을 자조적으로 기록했다. 특히 소녀 시절은 낭만적이고 도취적인, 현실과 동떨어진 세계를 동경하는 모습으로 그렸다.

해도 소용없어."

그런 말을 하고 내게서 멀어져간 친구. 그 친구에게 그때 나는 레닌 책을 읽지 않고 돌려주었다.

"다 읽었어?"

"아니, 미안해. 읽지 않았어."

니콜라이 성당이 보이는 다리 위였다.

"왜? 왜 안 읽었어?"

그 친구는 나보다 키가 한 뼘이나 크고 어학에 재주가 있었다. 빨간 베레모가 아주 멋들어지게 어울리는, 얼굴도 조콘다* 같다는 말을 듣는 예쁜 아이였다.

"표지 색깔이 마음에 안 들어."

"뭐라고? 무슨 엉뚱한 말이야. 그게 아니지? 정말은 내가 겁나는 거지?"

"그게 아니라 표지 색깔이 눈에 거슬려."

"그래."

씁쓸하게 한마디하고 그 친구는 나를 《사라시나 일기》의 소녀라고 부르곤 무슨 말을 해도 안 통하는 사람으로 치부해버렸다.

우리는 한동안 말없이 겨울 강물을 내려다보았다.

---

* 레오나르도 다빈치가 그린 초상화 〈모나리자〉의 모델이자 피렌체의 부호 프란체스코 데 조콘다의 부인인 엘리자베타를 가리킨다.

"안녕, 만약 이것이 영원한 이별이라면 영원히 안녕하길, 바이런."

이렇게 바이런의 시구를 원문 그대로 읊어대고는 내 몸을 가볍게 껴안았다.

나는 부끄러워져서 "미안해" 하고 작은 소리로 말하곤 오차노미즈 역 쪽으로 걸어가다가 뒤를 돌아보니, 그 친구는 여전히 다리 위에 선 채 꼼짝하지 않고 나를 바라보고 있었다.

그대로 그렇게 그 친구와는 만나지 못했다. 같은 외국인 선생님 댁에서 공부했지만 다니는 학교는 달랐다.

그로부터 12년이 지났어도 나는 역시 《사라시나 일기》에서 한 걸음도 내딛지 못했다. 도대체 나는 그동안 뭘 하고 있었는지. 혁명을 꿈꾸었던 적도 없고 사랑도 몰랐다. 지금까지 이 세상 어른들은 혁명과 사랑, 이 두 가지를 가장 어리석고 흉측한 것이라고 우리에게 주입해, 전쟁 전이나 전시에나 우리는 배운 대로만 알고 있었는데 패전 후, 우리는 이 세상 어른들을 믿을 수 없게 되었다. 뭐든 그 사람들이 말하던 것과는 반대로 하는 것이 진정 살길이라 여기게 됐다. 혁명도 사랑도, 실은 이 세상에서 가장 좋고 맛있고, 그러니까 좋은 일이라서 어른들은 못된 심보로 우리에게 설익은 포도라 이르며 틀림없이 거짓말을 한 거라고 생각했다.

나는 확신하고 싶다. **인간은 사랑과 혁명을 위해 살아왔다고.**

스르륵 미닫이문이 열리고 어머니가 미소 띤 얼굴을 내밀며 말을 거셨다.

"아직 안 자니? 졸리지 않아?"

책상 위의 시계를 보니 12시였다.

"네에, 하나도 안 졸려요. 사회주의에 관한 책을 읽고 있으니 흥분이 돼서요."

"그래. 어디 술 없니? 그럴 때는 술을 좀 마시고 누우면 잠이 잘 오는데."

약간은 농담조로 말씀하셨지만 그 태도에서 어딘가, 데카당과 종이 한 장 차이의 기품이 느껴졌다.

마침내 10월이 됐지만 완연하게 청명한 가을 하늘로는 바뀌지 않고 장마철같이 찐득찐득한 무더운 나날이 계속됐다. 그리고 어머니의 열은 그때나 지금이나 매일 저녁이 되면 38, 39도 사이를 오르내렸다.

그러던 어느 날 아침, 난 무시무시한 모습을 목격했다. 어머니의 손이 부어올라 있었다. 아침 식사가 가장 맛있다고 하시던 어머니도 요즘은 이부자리 위에 앉아 새 모이만큼만, 죽도 가볍게 한 숟가락 정도면 그만이고, 반찬도 향이 강한 것은 입에 못 대신다. 그날은 송이를 넣어 끓인 맑은장국을 해드렸는데도 송이 냄새조차 역겨우신지 그릇을 입 가까이에 가져가다가 다시 쟁반 위에 내려놓으셨다. 그때 난 어머니의 손을 보고 깜짝 놀랐다. 오른손이 부어올라 두꺼운 엄지장갑이라도 낀 것처럼 뒤둥그러져 있었다.

"어머니! 그 손, 손이 왜 그래요?"

어머니의 얼굴도 창백하게 부은 듯 보였다.

"아무렇지도 않아. 이런 것쯤, 아무것도 아니야."

"언제부터 그랬는데요?"

어머니는 눈이 부신 듯 약간 얼굴을 찡그리며 잠자코 계셨다. 나는 소리 내어 울고 싶었다. 이런 손은, 우리 어머니의 손이 아니다. 옆집 아주머니의 손이지. 우리 어머니의 손은 아주 가늘고 자그마한 손이다. 내가 아주 잘 알고 있는 손. 따뜻한 손. 귀여운 손. 그 손은 이제 영원히 볼 수 없는 것일까. 왼쪽 손은 아직 그렇게 부어오르지 않았지만 아무튼 가슴이 미어져 더는 볼 수가 없어서 나는 고개를 돌려 도코노마* 위에 있는 꽃바구니로 시선을 보냈다.

눈물이 쏟아지는 걸 참기가 어려워서 벌떡 일어나 식당으로 갔더니, 나오지가 혼자서 계란 반숙을 먹고 있었다. 어쩌다 이즈의 집에 있어도 밤이면 늘 오사키 씨네 가서 소주를 마시고, 다음 날 아침이면 찡그린 얼굴로 밥은 먹지

---

* 다다미방 상석에 방바닥보다 조금 높이 올린 공간. 벽에 족자를 걸고 꽃이나 장식품을 놓는다.

않고 계란 반숙만 네다섯 개를 먹고는 다시 2층으로 올라가 시간을 보낸다.

"어머니의 손이 부어올라서."

나오지에게 말을 걸고는 고개를 돌렸다. 말을 이을 수가 없어 나는 고개를 떨군 채 어깨를 들먹이며 흐느꼈다.

나오지는 아무 말 없었다. 나는 고개를 들었다.

"이제 틀렸어. 아직도 모르겠냐? 저렇게 부어오르면 이젠, 틀린 거라구."

나는 흐느끼면서 겨우 탁자 모서리를 잡고 버텨 섰다.

나오지도 낯빛이 어두워졌다.

"때가 됐지. 그것참, 볼 장 다 봤군."

"나 다시 어머니를 살려내고 싶어. 어떻게든 살려내고 싶어."

오른손으로 왼손을 꼭 잡고 말을 하는데 갑자기 나오지가 끅끅, 울음을 터뜨렸다.

"뭐 하나 되는 일이 없어. 우리한텐 뭐 하나 좋은 일이 없다구."

그러더니 주먹으로 눈가를 마구 문질러댔다.

그날 나오지는 와다의 외삼촌에게 어머니의 상태를 말씀드린 후 그다음 일을 상의하러 도쿄로 갔다. 나는 어머니 방에 있지 않을 땐, 아침부터 밤까지 눈물을 달고 시간을 보냈다. 아침 안개를 헤치며 우유를 받으러 갈 때도, 거울 앞에서 머리를 만질 때도, 입술연지를 바를 때에도 나는 울었다. 어머니와 함께 보낸 행복하던 나날들, 이런저런 추억들이 그림처럼 머릿속에 떠올라 흐르는 눈물을 주체할 수 없었다. 저녁 무렵 해가 지고 나서 응접실 베란다에 나가 또 한참을 흐느꼈다. 가을 밤하늘에 별이 반짝 떠 있고 발밑에는 뉘 집 고양인지 웅크리고 앉아 움직이지 않았다.

다음 날 어머니의 손은 전날보다 한층 더 심하게 부었다. 식사는 아무것도 드시지 못했다. 오렌지 주스도, 입 안이 헐어서 쓰리다며 못 마시겠다고 물리셨다.

"어머니, 나오지가 말한 그 마스크를 한 번 더 써보시면?"

웃으면서 말씀드릴 생각이었는데, 한 마디 한 마디 잇는 동안 목이 메어 그만 와악 하고 무너져버렸다.

어머니는 나직이 말씀하셨다.

"매일 혼자 애쓰느라, 힘들지. 간호사를 데려다 쓰자."

당신 몸보다 나를 걱정해주시는 어머니 마음에, 난 더는 곁에 있을 수 없었다. 방을 뛰쳐나와 욕실에 딸린 방으로 가 목놓아 울었다.

점심때가 조금 지나, 나오지가 미야케 선생과 간호사 두 명을 데리고 왔다. 언제나 농담을 즐기던 선생님도 그때는 심각한 얼굴로 아무 말 없이 성큼성큼 방으로 들어가시더니 곧 진찰을 시작하셨다. 그러고 나서 누구에게 하는 말인지도 모르게 "많이 약해지셨습니다" 하고 낮은 목소리로 한마디 하고는 캠퍼 주사*를 놓아주셨다.

"선생님은 어디 묵으실 거예요?"

어머니는 뜬금없이 물으셨다.

"이번에도 나가오카에 예약해놓고 왔으니 걱정하지 마십시오. 환자분은 말이죠, 남의 일 따윈 신경 쓰지 마시고 그저 자기 마음대로, 드시고 싶은 게 있으면 뭐든 양껏 드셔야 해요. 영양을 잘 섭취하시면 좋아집니다. 내일 다시 들르겠습니다. 간호사를 두고 갈 테니, 필요할 때 뭐든 봐달라고 하세요."

선생님은 병상에 누운 어머니를 향해 큰 소리로 말씀하시곤, 나오지에게 눈짓을 보내고 일어나셨다.

나오지 혼자 선생님과 다른 간호사를 배웅하러 나갔다가 잠시 후 돌아왔는데, 눈물이 나려는 걸 꾹 참고 있는 얼굴이었다. 우리는 살짝 어머니 방에서 나와 부엌으로 갔다.

"틀렸대? 뭐라서?"

"볼 장 다 봤어."

나오지는 입술을 찡그리며 웃었다.

"병이 급진전된 것 같대. 오늘내일 일이 날지 모른다잖아."

말하는 동안 나오지의 눈에서 눈물이 후둑 떨어졌다.

---

* 심부전에 걸렸을 때 쓰이는 강심제 주사. 쇠약한 혈관 운동을 자극해 혈압을 높이고 호흡을 원활하게 하는 데 도움을 준다.

"여기저기 전보를 쳐야 하지 않을까."

어찌 된 일인지, 내 입에서 오히려 담담하게 그런 말이 나왔다.

"그건 외삼촌하고도 말해봤는데, 외삼촌은 지금은 그렇게 사람을 불러 모을 수 있는 상황이 아니래. 사람들이 찾아와도 이런 좁은 집에서 맞으려면 문상 온 사람들에게 오히려 실례만 되고. 이 근처에는 제대로 된 여관도 없잖아. 나가오카 온천이라 해도 2인실이나 3인실은 예약할 수도 없고. 간단히 말해서 말이야, 우린 이제 돈도 없는 비렁뱅이라 그런 고상한 양반들을 불러 모실 여력이 없단 얘기야. 외삼촌은 곧바로 뒤따라 내려올 테지만, 치, 그 사람은 옛날부터 쩨쩨한 사람인데, 거기다 대고 무슨 부탁이고 나발이고 할 것도 없지. 어젯밤에도 말이야, 엄마의 상태는 제쳐두고 나한테 이래라저래라 설교를 늘어놓잖아. 그런 좀생원한테 설교를 듣고 마음 고쳐먹었다는 사람은 동서고금을 막론하고 내가 들어본 적이 없다구. 오누이 사이인데, 엄마하고 그 사람은 어쩜 그렇게 하늘과 땅 차인지 말이야. 진저리가 나."

"그래도, 나야 어찌 되든 너는 앞으로 외삼촌께 일자리라도……."

"집어치워, 차라리 길바닥에서 구걸하는 게 낫지. 누나나 이제부터 외삼촌한테 먹여 살려달라고 매달려보든지."

"나는……."

눈물이 흘렀다.

"난, 갈 데가 있어."

"뭐, 그 혼담 얘기야? 결혼하기로 했어?"

"아니."

"독립하겠다는 거야? 옳아, 돈을 벌겠다? 됐어, 관둬."

"독립하겠다는 게 아니야. 난 말이야, 혁명가가 될 거야."

"뭐?"

나오지는 이상한 표정으로 날 돌아봤다.

그때 미야케 선생님을 따라온 간호사가 날 부르러 왔다.

"어머니가 뭔가 하실 말씀이 있는 것 같아요."

서둘러 어머니 방으로 가서 이부자리 옆에 앉아 얼굴을 가까이 들이댔다.

"어머니 왜 그러세요?"

어머니는 뭔가 말씀을 하려는 듯 입술을 움직였지만 아무 말 하지 않으셨다.

"물 드릴까요?" 하고 여쭤보았다.

살짝 고개를 저으신다. 목이 마른 것도 아니었나 보다.

잠시 후에 가녀린 목소리로 "꿈을 꿨어" 하고 말씀하셨다.

"그래? 무슨 꿈이었는데요?"

"뱀 꿈."

나는 숨이 탁 막혔다.

"툇마루 앞 섬돌 위에 빨간 무늬가 있는 암뱀이 있더라. 가서 한번 보렴."

나는 온몸에 한기를 느끼며 자리에서 일어나 툇마루로 나가서 유리문 너머로 밖을 보았더니, 섬돌 위에 뱀이 가을 볕을 쬐며 길게 늘어져 있었다. 눈앞이 어질어질했다.

나는 널 알고 있어. 너는 그때보다 좀 더 커졌고 늙어 보이지만, 난 널 알아볼 수 있어. 너는 나 때문에 알들을 모두 불속에 잃어버린 그 어미 뱀이지? 너의 복수는 이만하면 잘 알았으니, 이젠 저쪽으로 가버려라, 제발 저쪽으로 가버려.

이렇게 마음속으로 기도하며 뱀을 바라보고 있었는데, 뱀은 꼼짝도 하지 않고 그 자리에 있었다. 나는 왠지 간호사가 그 뱀을 보지 않았으면 했다. 쿵 하고 세게 발소리를 냈다.

"없어요, 어머니. 꿈은 생시와는 반대잖아요."

일부러 큰 소리로 말을 하고 다시 한번 섬돌을 보니 뱀은 슬금슬금 몸을 움직여 돌에서 내려갔다.

이젠 틀렸어. 이젠 정말 틀린 거야, 뱀을 보고서야 비로소 체념의 소리가 마음속 깊은 곳에서 울렸다. 아버지가 돌아가실 때도 머리맡에 까맣고 작은 뱀이 있었다고 하고, 또 그때 난 정원 나무에 몸을 감고 있던 뱀을 두 눈으로 보았다.

어머니는 침상에서 몸을 일으킬 기력도 없는지, 낮이나 밤이나 깜박깜박 졸고 계셨고 이젠 몸을 완전히 간호사에

게 내맡기고 음식은 아무것도 넘기지 못하셨다. 뱀을 본 뒤,
나는 슬픔의 밑바닥을 뚫고 나온 마음의 평안이라고나 할
까, 그런 행복감 비슷한 마음의 여유가 생기고, 이제부터는
가능한 한 어머니 곁을 떠나지 말자고 생각했다.

그리고 다음 날부터 어머니의 머리맡에 바싹 붙어 앉아
뜨개질을 했다. 나는 뜨개질이나 바느질이나 모두 남들보
다 속도는 훨씬 빠르지만 완성된 걸 보면 솜씨가 영 서툴렀
다. 그래서 어머니는 언제나 내가 서툴게 한 부분을 하나하
나 짚어가며 가르쳐주셨다. 그날도 딱히 뜨개질을 하고 싶
었던 것은 아니었지만 아무 일도 없이 어머니 곁에 앉아 있
어도 어색하지 않고 그럴듯해 보이려고 털실 상자를 가져
와 다른 생각 없이 뜨개질을 시작했다.

어머니는 내 손놀림을 가만히 쳐다보시다가 말씀하셨다.
"네가 신을 양말을 뜨는 거지? 그러면 여덟 코를 늘려 잡
아야 신을 때 답답하지 않을 거야."

나는 어릴 때 아무리 배워도 도대체 뜨개질이 예쁘게 되
지 않았는데, 그때처럼 이번에도 쩔쩔매다가 부끄럽고 그
때가 생각나 아아, 이젠 이렇게 어머니가 가르쳐주실 날도
없겠구나 생각하니 갑자기 앞이 뿌예지면서 털실이 보이지
않았다.

어머니는 이렇게 자리에 누워 계시면 조금도 어디가 아
픈 것 같지 않았다. 식사는 아침부터 전혀 아무것도 들지

못하셔서 거즈에 차를 묻혀 가끔씩 입을 적셔드렸는데, 그래도 의식은 말짱해 때때로 내게 다정하게 말을 거신다.

"신문에 폐하의 사진이 실렸던 것 같은데, 한 번 더 보여주겠니?"

나는 신문에 나와 있는 그 사진을 어머니 얼굴 위로 펼쳐 보였다.

"늙으셨네."

"아뇨, 이건 사진이 잘못 나온 거예요. 며칠 전 사진에는 아주 젊고 세련돼 보였어요. 오히려 이 시기를 기뻐하고 계시는 거겠죠."

"왜?"

"왜라뇨? 폐하도 이번에 해방되셨잖아요."

어머니는 쓸쓸한 웃음을 지으셨다. 그리고 말없이 몇 분쯤 있다가 입을 여셨다.

"울고 싶어도 이젠 눈물이 다 말라버렸어."

나는 문득 어머니가 지금 행복한 게 아닐까, 생각했다. 행복이란 비애의 강물 속 깊이 가라앉아 희미하게 빛을 발하는 사금 같은 것이 아닐까. 슬픔의 밑바닥을 뚫고 나와 어슴푸레 밝아오는 불가사의한 기분. 그게 행복감이라면 폐하도, 어머니도, 나도 분명 지금 행복한 것이다. 조용한 가을날 오전. 햇살이 부드러운 가을날의 정원. 나는 뜨개질을 멈추고 내 가슴 높이에서 빛나고 있는 바다 물결을 내다보며 말을 꺼냈다.

"어머니, 저는 지금까지 이 세상을 너무 몰랐어요."

좀 더 하고픈 말이 있었는데, 한쪽 머리맡에서 정맥 주사 놓을 준비를 하던 간호사가 듣는 게 쑥스러워 입을 다물었다.

"지금까지라니……."

어머니는 엷은 미소를 띠며 뭔가 말씀을 하시려 했다.

"그럼, 이젠 세상을 알게 됐단 말이니?"

나는 그 말을 듣고 얼굴이 뜨거워졌다.

"세상은, 모르는 거야."

어머니는 천장을 바라보시며 혼잣말처럼 작은 목소리로 말씀하셨다.

"나는 몰라. 그걸 안다고 말할 수 있는 사람은 없지 않을까? 아무리 세월이 흘러도 모두 어린아이야. 아무것도 모른다구."

하지만 나는 살아나가야 한다. 어린애일지 모르지만 언제까지나 응석받이로 있을 수는 없다. 나는 이제부터 세상과 맞서 싸우지 않으면 안 된다. 아아, 어머니처럼, 사람들과 다투지 않고, 증오도 원망도 없이 아름답고 가련하게 생을 마칠 수 있는 사람은 이제 우리 어머니를 마지막으로 이 세상에는 더는 존재하지 않는 건 아닐까. 죽어가는 사람은 아름답다. 산다는 것. 살아남는다는 것. 그건 너무나 추잡하고 생피 냄새 나는, 더럽기 그지없는 일이란 생각도 든다. 나는 알을 배고 구멍을 파는 뱀의 모습을 다다미 위에 앉아 머릿속에 그려보았다. 하지만 내겐 끝까지 단념할 수 없는 게 있다. 비열해도 좋다. 나는 살아남아서 내 가슴속에 품고 있는 것을 성취하기 위해 세상과 맞서 나가리라. 앞으로 어머니가 돌아가시는 게 확실해지면 나의 로맨티시즘과 감상은 점차 그 빛을 잃고 뭔가 얕볼 수 없는 사악한 나로 변하리라는 기분이 들었다.

그날 오후 내가 어머니 곁에서 입술을 적셔드리는데 문 앞에서 자동차가 멈춰 서는 소리가 났다. 외삼촌이 숙모와 함께 도쿄에서 내려오신 거였다. 외삼촌이 방에 들어오셔서 어머니의 머리맡에 앉자, 어머니는 손수건으로 얼굴의 절반 정도를 가리고 외삼촌의 얼굴을 올려다보며 우셨다. 하지만 울상을 지을 뿐, 눈물은 나지 않았다. 인형 같았다.

"나오지는 어딨니?"

잠시 후 어머니가 날 돌아보며 말씀하셨다.

나는 2층으로 가서 서양식 방 소파 위에 엎드려 신간 잡지를 읽고 있던 나오지를 불렀다.

"어머니가 찾으셔."

"아이고, 또 눈물 바람인가. 누난 정말이지, 잘도 참고 그런 찔찔대는 장소에서 버틴단 말이야. 신경이 둔한 건지, 매정한 건지. 나는 너무 괴로워서, 마음은 굴뚝 같지만 몸이 안

따라주니 도무지 어머니 옆에 있을 엄두가 안 나는 거라구."

그러면서 나오지는 상의를 입고 나와 함께 2층에서 내려왔다.

두 사람이 나란히 어머니의 머리맡에 앉자, 어머니는 갑자기 이불 속에서 손을 꺼내 말없이 나오지 쪽을 가리키고, 그다음 내 쪽을 가리키고, 그러고 나선 외삼촌을 쳐다보시며 양손을 모아 쥐셨다. 외삼촌은 고개를 끄덕이셨다.

"그래, 알았어요. 다 안다고."

어머니는 안심했다는 듯이 두 눈을 감고 손을 다시 이불 속으로 힘없이 넣으셨다.

나도 울고 나오지도 고개를 숙이고 흐느꼈다.

그러던 차에 미야케 선생이 나가오카에서 왕진을 오셔서 서둘러 주사를 놓았다. 어머니도 이제 외삼촌의 얼굴까지 보고는 더는 미련이 없다고 생각하셨는지 가느다란 목소리로 말씀하셨다.

"선생님 빨리, 절 좀 편안하게 해주세요."

선생님과 외삼촌은 얼굴을 마주 보더니 아무 말 하지 않았는데, 두 분의 눈에 눈물이 반짝였다.

나는 일어나 식당으로 가서 외삼촌이 좋아하시는 유부우동을 만들어 선생님과 나오지, 숙모 몫까지 4인분을 응접실에 내놓고, 외삼촌이 가져오신 마루노우치 호텔의 샌드위치를 어머니께 보여드리고 머리맡에 놓았다.

"혼자 바쁘지."

어머니께서는 조용히 말씀하셨다. 응접실에서 한동안 이야기를 나누다가 외삼촌이 아무래도 일이 있어 오늘 밤 도쿄로 돌아가봐야겠다며 내게 돈 봉투를 쥐여주고 갈 채비를 하셨다. 미야케 선생도 간호사와 함께 자리에서 일어나며 남은 간호사에게 여러 가지 필요한 사항을 당부하셨다. 어쨌든 아직 의식이 또렷하고 심장 소리도 그다지 나쁘지 않으니, 주사만으로 4, 5일 동안은 괜찮을 거라 하시고 일단 모두 도쿄로 돌아가셨다.

그분들을 배웅하고 어머니 방으로 갔더니, 어머니는 내게만 보이시는 친숙한 웃음을 띠셨다.

"혼자 애썼다."

다시 겨우 들릴락 말락 하는 소리로 어머니가 말씀하셨다. 그 얼굴은 말갛고 생생해서 오히려 빛나 보였다. 외삼촌을 가까이서 본 게 꽤 위안이 되었나 보다.

"아니에요."

나도 어머니의 위로에 기분이 좀 나아져서 빙긋 웃어 보이며 대답했다. 그것이 어머니와 한 마지막 대화였다.

그로부터 세 시간 정도 후에 어머니는 돌아가셨다. 가을날 고요한 황혼 녘에, 간호사에게 손목을 맡기고 나오지와 나, 단 두 사람의 혈육이 지켜보는 가운데 일본 최후의 귀부인이었던 아름다운 우리 어머니가.

어머니의 죽은 얼굴은 생시와 변함이 없었다. 아버지가 돌아가실 때는 금세 안색이 변했는데 어머니의 얼굴빛은 조금도 달라지지 않았다. 그저 숨소리만 들리지 않을 뿐이었다. 숨이 끊어졌다는 것도 거의 모를 정도였다. 얼굴의 부기도 그 전날부터 빠져서 뺨이 밀랍처럼 매끈하고, 엷은 입술이 살짝 벌어져 미소를 머금고 있는 듯해 살아 있을 때의 어머니보다 더 고상하고 우아해 보였다. 나는 피에타*의 마리아와 닮았다고 생각했다.

---

* 십자가에서 숨을 거둔 예수를 내려 품에 안고 슬퍼하는 마리아의 모습을 묘사한 그림이나 조각 작품

6

전투, 개시.

언제까지나 슬픔 속에 빠져 있을 수는 없었다. 내겐 반드시 쟁취해야 할 것이 있었다. 새로운 윤리. 아니, 그런 표현도 위선이다. 사랑. 그래, 그것뿐이야. 로자 룩셈부르크가 새로운 경제학에 자신의 정열을 다 바쳐야만 했던 것처럼 나는 이제 사랑 그 하나에 매달리지 않으면 살아갈 수 없다. 예수가 일말의 망설임 없이 이 세상의 종교가, 도덕가, 학자, 권위자들의 위선을 파헤치고, 신의 참사랑을 있는 그대로 사람들에게 전파해 깨우치도록 하기 위해 그 열두 제자를 전 지역으로 파견하기에 앞서, 제자들에게 들려준 말씀은 나의 지금 상황과도 전혀 무관하지 않은 듯하다.

전대에 금도 은도 구리 돈도 지니지 마라. 여행 보따리도 여벌 옷도 신발도 지팡이도 지니지 마라. 나는 이제 양들을 이리 떼 가운데로 보내는 것처럼 너희를 보낸다. 그러므로 뱀처럼 슬기롭고 비둘기처럼 순박하게 되어라. 사람들을 조심하여라. 그들이 너희를 의회에 넘기고 회당에서 채찍질할 것이다. 또 너희는 나 때문에 총독들과 임금들 앞에 끌려가, 그들과 다른 민족들에게 증언할 것이다. 사람들이 너희를 넘길 때, '어떻게 말할까, 무엇을 말할까' 걱정하지 마라. 너희가 무엇을 말해야 할지, 그때에 너희에게 일러 주실 것이다. 그리고 너희는 내 이름 때문에 모든 사람에게 미움을 받을 것이다. 그러나 끝까지 견디는 이는 구원을 받을 것이다. 어떤 고을에서 너희를 박해하거든 다른 고을로 피하여라. 내가 진실로 너희에게 말한다. 너희가 이스라엘의 고을들을 다 돌기 전에 사람의 아들이 올 것이다.

육신은 죽여도 영혼은 죽이지 못하는 자들을 두려워하지 마라. 오히려 영혼도 육신도 지옥에서 멸망시키실 수 있는 분을 두려워하여라. 내가 세상에 평화를 주러 왔다고 생각하지 마라. 평화가 아니라 칼을 주러 왔다. 나는 아들이 아버지와 딸이 어머니와 며느리가 시어머니와 갈라서게 하려고 왔다. 집안 식구가 바로 원수가 된다. 아버지나 어머니를 나보다 더 사랑하는 사람은 나에게 합당하지 않다. 아들이나 딸을 나보다 더 사랑하는 사람도 나에게 합당하지 않다. 또 제 십자가를 지고 나를 따르지 않는 사람도 나에게 합당하지 않다. 제 목숨을 얻으려는 사람은 목숨을 잃고, 나 때문에 제 목숨을 잃는 사람은 목

숨을 얻을 것이다.[*]

전투, 개시.

만약 내가 '사랑' 때문에 예수의 이 가르침을 단 한 구절도 빼놓지 않고 있는 그대로 지킬 것을 맹세한다면, 예수님은 날 꾸짖으실까. 어째서 '사랑'은 나쁘고 '박애'는 좋은지 난 모르겠다. 아무리 생각해도 그 둘은 내게 같은 것이다. 뭔지 모를 애정 때문에, 또 사랑 때문에, 그 슬픔 때문에, 몸과 영혼을 지옥에서 멸하는 자, 아아, 나는 나 자신이야말로, 바로 그런 사람이라 큰 소리로 외치고 싶다.

외삼촌이 돌봐주셔서 이즈에서 밀장密葬^{**}을 치르고 본장本葬은 도쿄에서 치렀다. 덩그러니 남은 나오지와 나는 이즈로 돌아와 산장에서 서로 얼굴을 마주해도 달리 할 말이 없는, 이유 없이 서먹한 나날을 보냈다. 나오지는 출판업의 자본금을 마련하겠다고 어머니의 보석을 전부 갖고 나가 도쿄에서 흥청망청 술이나 퍼마시고, 피곤해지면 이즈의 산장으로 거의 중병 든 사람 꼴로 돌아와 아무 소리 없이 고꾸라지곤 했다. 어느 날 댄서로 보이는 젊은 아가씨를 데리고 들어왔는데, 아닌 게 아니라 나오지도 약간은 거북

---

[*] 〈마태오 복음서〉 10장 9~39절 부분 발췌
^{**} 집안사람들끼리 비밀리에 치르는 장례

하게 생각하는 눈치였다.

"오늘 나 도쿄에 가도 될까? 친구 집에 오래간만에 놀러 갔다 오고 싶은데. 이틀, 사흘 정도 머물다가 올 테니까 네가 집 좀 봐라. 먹는 건 저기 같이 온 사람한테 부탁해도 되고."

나오지가 어색해하는 걸 놓치지 않고 기회로 잡아, 나는 그야말로 뱀처럼 슬기롭게 가방에 화장품과 빵을 챙겨 넣고 너무도 자연스럽게 그 사람을 만나러 도쿄로 올라갔다.

도쿄 교외를 잇는 국영 철도 오기쿠보 역 북문에서 내려 20분쯤 걸어가면, 그 사람이 전쟁 후 새로 이사한 집이 나온다는 얘기를 나오지에게 그 이전부터 들어 알고 있었다.

쌀쌀한 바람이 세차게 부는 초겨울 날이었다. 오기쿠보 역에 내릴 즈음에는 이미 주위가 어둑어둑했다. 나는 지나가는 사람을 붙들어 주소를 보여주고 일러준 방향을 따라 약 한 시간 가까이 컴컴한 교외 길을 헤매다, 초조하고 불안한 마음에 결국 눈물이 흘렀다. 그렇게 걷고 또 걷다가 자갈길 돌부리에 걸려 넘어져 게다 끈이 끊어져버려서 이젠 어쩜 좋지, 하고 우두커니 서 있는데, 오른편에 늘어선 집들 가운데 한 집의 문패가 어둠 속에서도 환하게 떠올랐다. 언뜻 우에하라라고 쓰여 있는 것 같았다. 한쪽 발엔 게다도 신지 않은 채 그 집 현관으로 달려가 다시 한번 자세히 보았다. 확실히 '우에하라 지로'라고 적혀 있었는데 집 안은 캄캄했다.

어떻게 할까, 잠깐 그 자리에 섰다가 몸을 내던지는 기분으로 현관 격자문에 쓰러질 듯 달라붙었다.

"실례합니다" 하고 양손으로 격자를 비비면서 "우에하라 씨" 하고 작은 소리로 불러보았다.

대답은 있었다. 그러나 여자의 음성이었다.

안에서 현관문이 열리고 얼굴이 갸름하고 고전적인 분위기를 풍기는, 나보다 서너 살 많아 보이는 여자가 현관 앞 어둠 속에서 방긋 웃어 보였다.

"누구세요?"

정중한 말씨에는 어떠한 악의도 경계도 묻어 있지 않았다.

"아니, 저어……."

그렇지만 내 이름은 미처 말하지 못했다. 이 여자 앞에서 만큼은 나의 사랑도 결코 떳떳할 수 없단 생각이 들었다. 주저주저하며 결국 비굴하게 물었다.

"선생님은…… 안 계세요?"

"예에."

대답하고 안됐다는 듯이 내 얼굴을 쳐다보고는 덧붙였다.

"하지만 가는 곳은 대개……."

"어디 멀리 가셨나요?"

"아뇨."

웃음이 나는지 한 손으로 입을 가리고 "오기쿠보에요. 역 앞에 있는 시라이시라는 꼬치 어묵집에 가시면 대충 어디로 가셨는지 알 수 있을 거예요."

이제 됐다는 기분이 들었다.

"아, 그래요" 하고 나서려는데, "어머나, 신발이……" 하며
나를 붙잡았다.

여인의 안내를 받고 나는 안으로 들어가 현관 마루에 앉
았다. 부인은 임시 게다 끈이라고 할까, 게다 끈을 간단하
게 대체할 수 있는 끈을 가지고 왔다. 게다를 고쳐 신는 동
안 부인은 촛불을 켜서 현관으로 가져왔다.

"공교롭게 전구가 두 개나 다 나갔지 뭐예요. 요즘 전구는
값만 비싸고 잘 끊어져서 영 못쓰겠어요. 남편이 있으면 좀
사다달라고 할 텐데, 어젯밤도 그저께 밤도 들어오지 않아
서 우린 사흘 밤을 내내 여기에서 그냥 일찍 자요."

부인은 별로 불만스럽지도 않은 듯 웃으며 말했다. 부인
의 뒤에는 열두세 살 정도 되어 보이고 눈이 큰, 낯을 가리
는지 쭈뼛거리는 홀쭉한 여자아이가 서 있었다.

적敵. 나는 그리 생각하지 않지만 이 부인과 여자아이는
언젠가 적이라 여기며 나를 원망할 날이 올 것이다. 거기
에 생각이 미치니 내 사랑도 한순간에 확 날아가버리는 기
분이 들었다. 게다 끈을 고쳐 달곤 벌떡 일어서서 양 손바
닥의 먼지를 탈탈 떨어냈는데, 그 순간 외로움이 거대한 파
도처럼 온몸을 덮쳐왔다. 더는 참을 수 없어 당장에 방으로
뛰어 올라가 부인의 손을 부여잡고 목놓아 울어볼까 하는

생각마저 들었다. 가슴이 쿵쾅쿵쾅, 걷잡을 수 없이 요동쳤지만 문득 그 후에 남겨질 내 모습, 이도 저도 아닌 초라하고 따분한 일상으로 되돌아가 있는 내 모습이 떠올라서 그저 "감사합니다" 정중하게 인사하고 밖으로 나왔다. 잦아들지 않는 찬바람을 맞으며 전투, 개시, 사랑해, 좋아해, 못 잊어, 정말로 사랑해, 너무 좋아, 너무나 그리워, 사랑하니까 어쩔 수 없어, 좋아하니까 어쩔 수 없어, 보고 싶으니 어쩔 수 없어, 부인은 보기 드물게 좋은 여자야, 딸아이도 사랑스러워. 하지만 나는 신의 심판대에 끌려 나간다 해도, 양심의 가책 따윈 조금도 느끼지 않아, 인간은 사랑과 혁명을 위해 태어난 존재, 신도 날 벌할 리 없어, 나는 잘못을 범하는 게 아니야, 진심으로 좋아하니까 당당하게 내 두 눈으로 그 사람을 볼 때까지 이틀 밤이든 사흘 밤이든 밖에서 지새운다 해도 난 물러서지 않아.

역 앞에 있는 시라이시 꼬치 어묵집은 금방 찾았다. 하지만 그는 거기 없었다.

"아사가야에 있을 거요. 틀림없이. 아사가야 역 북문에 내려서 저…… 한번 보자, 그러니까 한 1정 반* 정도 될까, 철물점이 나올 거요. 그러면 오른쪽으로 들어가서 다시 큰길

---

* 시가지 구획 단위로 1정丁은 약 109미터

을 건너면 야나기야라는 요릿집이 있어요. 그 선생님, 요즘 야나기야에 있는 스테 아가씨와 아주 뜨거운 사이라 거기 죽치고 사는 모양입디다. 못 말린다니까."

역으로 가서 차표를 끊고 도쿄행 국영 철도에 올라타 아사가야에 내려 북문에서 약 1정 반, 철물점에서 다시 오른쪽으로 돌아 큰길을 건너니 눈에 잘 띄지 않는 구석에 야나기야가 있었다.

"지금 막 가셨어요. 이제부턴 니시오기 치도리의 아주머니네로 몰려가서 밤새도록 마실 거라고 하시던데요."

나보다 어려 보이면서 침착하고 품위 있고 상냥한 이 사람이 스테라는, 그 사람과 뜨거운 사이라는 여자인가.

"치도리요? 니시오기의 어디쯤인데요?"

애가 타서 눈물이 날 것만 같았다. 내가 지금 정신이 돈 것은 아닐까, 문득 그런 생각이 들었다.

"자세히는 모르지만 니시오기 역에서 내려 남문으로 나와 왼쪽으로 꺾어진 곳에 있다든가, 어쨌거나 그 근방에 있는 파출소에 물어보면 알려주지 않겠어요? 뭐, 일차로는 끝내지 않는 사람이니까 치도리에 가기 전에 또 다른 곳에 들를지도 모르지만."

"치도리로 가볼게요. 안녕히 계세요."

지나온 길을 다시 거슬러 올라갔다. 아사가야에서 다치카와행 국영 철도를 타고 오기쿠보를 지나, 니시오기쿠보

역 남문에서 내려 찬바람에 이리저리 휘둘리며 헤맸다. 파출소를 발견하고 치도리로 가는 길을 물어 들은 대로 밤길을 뛰다가 걷다가 한 끝에, 치도리의 파란 외등 갓을 발견하고, 곧바로 격자문을 벌컥 열어젖혔다.

토방이 있고 다음에 바로 다다미 여섯 장 정도 넓이의 방이 나오는데, 그 방에는 담배 연기가 자욱했다. 연기 속에 10여 명이 커다란 탁자를 둘러싸고 앉아, 와와! 소리를 지르며 술판을 거하게 벌이고 있었다. 나보다 어려 보이는 아가씨 세 명도 끼어 앉아 담배를 피우며 술을 마시고 있었다.

나는 토방에 서서 둘러보다가 바로 찾아냈다. 순간, 꿈을 꾸는 것 같았다. 변했다. 6년. 완전히, 이제, 다른 사람이 됐어.

저 사람이 나의 무지개 M·C, 내 삶의 이유였던 그 사람이란 말인가. 6년. 헝클어진 긴 머리는 옛날 그대로인데 안타깝게도 적갈색으로 바래고 얼굴은 누렇게 떴다. 눈 주위는 벌겋게 짓무르고 앞니가 빠져 계속해서 입을 오물거리는 게 꼭 늙은 원숭이 한 마리가 꾸부정하게 구석에 앉아 있는 것처럼 보였다.

한 아가씨가 나를 발견하고 눈짓으로 우에하라 씨에게 내가 왔다는 걸 알렸다. 그 사람은 앉은 채로 가늘고 긴 목을 뻗어 내 쪽을 돌아보더니, 무표정하게 턱으로 올라오라는 신호를 보냈다. 다른 사람들은 내게 아무런 관심도 없는 듯 계속해서 꽥꽥 떠들어댔는데, 그러면서도 조금씩 자리를 좁혀 우에하라 씨의 오른쪽 옆자리에 내가 앉을 공간을 내주었다.

나는 잠자코 앉았다. 우에하라 씨는 내 컵에 술을 찰랑찰랑 한가득 따라주곤 자기 컵에도 술을 채운 뒤 쉰 목소리로 "건배" 하고 조용히 말했다.

두 개의 컵이 힘없이 부딪히며 짤랑, 구슬픈 소리를 냈다.

기요틴* 기요틴 슈루슈루 슈, 누군가 선창을 하니 어디선가 다른 한 사람이 기요틴 기요틴 슈루슈루 슈, 따라 하고 짤랑, 소릴 내며 컵을 부딪치고는 벌컥벌컥 들이켠다. 기요틴 기요틴 슈루슈루 슈, 기요틴 기요틴 슈루슈루 슈하고 여기저기서 그 엉터리 같은 노랫소리가 울리며 쨍쨍, 연이어 잔이 부딪친다. 그런 우습기 짝이 없는 엉터리 리듬에 박자를 맞춰 잔을 채우고, 또 채워 목구멍에 쏟아붓는 것이었다.

"그럼, 이만 일어날게" 하며 비틀거리면서 돌아가는 사람이 있는가 하면, 어디서 새로 찾아온 손님이 있어 우에하라 씨에게 가볍게 목례만 하고 자리에 끼어 앉는다.

"우에하라 씨, 저기 말이요, 우에하라 씨, 거시기…… 아

---

* 단두대. 프랑스 혁명 때 사형 집행 기구로 단두대를 발명한 기요탱Joseph Ignace Guillotin의 이름에서 유래했다.

아아, 하는 부분 말이요. 그걸 어떻게 하면 좋겠소? 아, 아, 아, 하는 거요? 아아, 아, 하는 거요?"

흥이 올라 묻는 사람은 확실히 나도 무대에서 본 적이 있는 신극 배우인 후지타다.

"아아, 아요. 아아, 아, 치도리의 술은, 비싸고요, 이런 식으로 끼워 넣는 거지."

받아주는 우에하라 씨.

"꺼냈다 하면 그저 돈 얘기야."

옆에 있던 아가씨.

"참새 두 마리가 1전이라 하면, 그게 비싼 겁니까? 싼 겁니까?"

건너편에 있던 젊은 신사.

"마지막 한 푼까지 다 갚기 전에는'이라는 말도 있고, '각자의 능력에 따라 한 사람에게는 다섯 달란트*, 한 사람에게는 두 달란트, 한 사람에게는 한 달란트'라는, 무지 복잡한 얘기들도 있는 걸 보면, 그리스도도 계산엔 아주 빈틈이 없어."

또 다른 신사.

"게다가 그자는 술꾼이었다구. 이상하게도 성경에 술 얘

---

* 유대인들의 화폐 단위

기가 많다 했더니, 아니나 달라? 보라구, 술을 좋아하는 자라고 비난받았다고 성경에 적혀 있잖아. 술을 마시는 자가 아니라 술을 좋아하는 자라 했으니 상당한 애주가였던 게 틀림없어. 아무튼 말술 아니었을까."

또 다른 신사.

"관둬, 집어치우라구. 아아, 아, 너희는 도덕이 두려워서, 예수를 방패막이로 삼으려는 거야. 치에, 마시자. 기요틴 기요틴 슈루슈루 슈."

우에하라 씨, 가장 젊고 예쁜 아가씨와 쨍그랑, 힘차게 컵을 마주치며 벌컥벌컥 들이켜고는 입가에 술이 흘러넘쳐 볼을 적시니 그걸 무슨 쓰레기 문지르듯, 거칠게 손바닥으로 닦고는 곧바로 숨넘어갈 듯 재채기를 연거푸 해댔다.

나는 조용히 일어나 옆방으로 가서, 환자처럼 창백한 얼굴에 바싹 마른 주인아주머니에게 화장실이 어디냐고 묻고, 돌아오는 길에 다시 그 방을 지나치려는데, 조금 전 술자리에서 가장 예쁘고 젊은 치에라는 아가씨가 나를 기다렸다는 듯이 일어났다.

"저, 시장하지 않으세요?"

친절하게 웃으면서 물었다.

"음, 네. 그런데 전 빵을 가져와서요."

"별 건 아니에요."

폐병 환자 같은 주인아주머니는 피곤한지 다리를 옆으로

뻗고 앉아서 긴 히바치* 가까이 몸을 붙이고 말했다.

"이 방에서 드세요. 저 술고래들을 상대하면 밤새 아무것도 못 먹어요. 앉으세요, 여기. 치에도 이리 와 같이 앉고."

"여봐! 키누, 여기 술 떨어졌어!"

옆방에서 한 남자가 외치는 소리.

"예, 예, 갑니다."

대답과 함께 서른 전후반으로 보이는, 세련된 줄무늬 기모노를 입은 키누라는 여자가 쟁반에다 술병을 열 개 정도 올려 부엌에서 나왔다.

"잠깐만."

주인아주머니가 그 여자를 불러세웠다.

"이 방에도 두 병만 내려놓게."

그러더니 웃으며 말을 이었다.

"그리고 말이야, 키누, 미안하지만 주방에 있는 스즈야 씨한테 가서 우동 두 그릇만 빨리 말아달라고 해줘."

나와 치에는 긴 히바치 곁에 나란히 앉아 손을 쬈다.

"이불을 덮어요. 추워졌지요. 한잔하지 않을래요?"

주인아주머니는 자신이 마시던 찻잔에 술을 따르고. 다른 두 개의 찻잔에도 술을 따랐다.

---

* 도기나 목재, 금속으로 만든 일본 고유의 난방 기구. 안에 숯을 넣고 불을 피운다. 긴 히바치에는 서랍이 달려 있다.

그래서 우리 세 사람은 말없이 술을 마셨다.

"모두 술이 세네."

주인아주머니는 차분한 말투로 그런 말을 했다.

드르륵 하고 밖의 문이 열리는 소리가 났다.

"선생님, 가져왔습니다."

젊은 남자의 목소리가 들려왔다.

"도무지 우리 사장님은 너무 빈틈이 없는 사람이라, 2만 엔으로 내가 끝까지 우겼는데, 결국 1만 엔에 합의 봤어요."

"수표로?"

이렇게 묻는 건 목소리가 갈라진 우에하라 씨.

"아뇨. 현금이에요, 죄송합니다."

"됐어. 괜찮아. 영수증 쓰자."

기요틴 기요틴 슈루슈루 슈, 하는 건배 노래가 그런 대화가 오가는 중에도 끊임없이 계속됐다.

"나오* 씨는?"

주인아주머니는 신중한 표정으로 치에에게 묻는다. 나는 순간 머리끝이 쭈뼛했다.

"몰라요. 제가 뭐 나오 씨 담당도 아닌걸요."

치에는 당황해하며 얼굴을 붉혔다.

---

* 나오지의 이름을 줄여 부르는 말

"요즘 우에하라 씨하고 뭔가 언짢은 일이라도 있었던 거 아니야? 만날 둘이 붙어 다녔는데 말이야."

주인아주머니는 여전히 침착하게 말했다.

"춤바람이 났대요. 댄서 애인이라도 생겼나 보죠."

"나오 씨한테, 아이고, 술에다 여자까지, 도대체 어찌 되려고 그래."

"선생님한테 다 전수받은 거죠, 뭐."

"그래도 성품은 나오 쪽이 더 고약해. 아직도 양반집 도령 기질이 남아서……."

"저기……."

나는 이쯤에서 한마디 하려 했다. 잠자코 있다간 오히려 이 두 사람에게 실례를 범하는 꼴이 될 거라 생각했다.

"저는 나오지의 누나예요."

주인아주머니는 깜짝 놀랐는지 내 얼굴을 다시 쳐다보았는데, 치에는 아무렇지도 않은 표정으로 말했다.

"얼굴이 닮았어요. 아까 현관 앞 토방에 서 있는 걸 보고 속으로 흠칫했어요. 나오 씨가 온 줄 알고."

"그러세요."

주인아주머니는 갑자기 말투를 바꿔서 묻는다.

"이런 누추한 곳에 다 오시고. 그래서 우에하라 씨하곤 그 전부터?"

"예, 6년 전에 만나서……."

차마 끝까지 말을 잇지 못하고 고개를 숙이는데 눈물이 날 것만 같았다.

"오래 기다리셨습니다."

여종업원이 우동을 가져왔다.

"어서 드세요. 식기 전에."

주인아주머니는 공손히 권한다.

"잘 먹겠습니다."

우동에서 올라오는 더운 김에 얼굴을 묻고 후루룩, 우동 면발을 삼키며 나는 그때야말로 살아 있다는 구차함을 뼈저리게 맛보았다.

기요틴 기요틴 슈루슈루 슈, 기요틴 기요틴 슈루슈루 슈, 하고 낮은 목소리로 읊조리면서 우에하라 씨가 우리들이 있는 방으로 들어와서 내 옆에 풀썩 양반다리를 하고 앉더니, 아무 말 없이 주인아주머니에게 커다란 봉투를 건넸다.

"이걸로 나머지 돈 떼먹을 생각하지 마세요."

주인아주머니는 봉투 속을 보지도 않고 긴 서랍에 깊숙이 집어넣고는 웃으면서 말한다.

"가져올게. 나머지는 내년이야."

"어머나, 세상에."

1만 엔. 그만한 돈이 있으면 전구 따위, 얼마든지 살 수 있겠지. 나도 그만한 돈이 있으면 1년 정도 아무 걱정 없이 살

수 있을 거야.

아아, 이 사람들은 뭔가 잘못됐어. 하지만 이 사람들도 나의 사랑과 마찬가지로 이렇게라도 하지 않으면 버텨나갈 수 없을지 몰라. 인간이 세상에 태어난 이상 어떻게든 살아나가야만 하는 존재라면, 이 사람들의 이런 삶의 모습도 원망만 할 건 아닐지도 몰라. 살아 있다는 것. 살아 숨 쉰다는 것. 아아, 그건 무슨, 고역을 감내하며 치러내야 할 대과제란 말인가.

"아무튼 말이야."

옆방의 한 신사가 말한다.

"이제부터 도쿄에서 살아가려면 말이야. 누구랑 마주치더라도 아무 부담 없이, 안녕하슈, 하고 가볍게 인사하는 데 익숙해지지 않으면 안 돼. 지금 이 마당에 우리에게 중후함, 성실함, 그런 미덕을 요구하는 건 목매단 사람 발 잡아당기는 격이지. 중후? 성실? 그 무슨 개소리. 그래 가지곤 살아갈 수가 없잖냔 말이야. 만약에 말이야, 안녕하슈란 말을 부담 없이 하지 못하겠다면 결국 남은 길은 세 가지밖에 없어. 하나는 귀농歸農이야. 하나는 자살 그리고 나머지 하나는 포주가 되는 거지."

"그중 어느 하나도 할 수 없는 가련한 놈한테는 마지막 수단이 있긴 하지."

또 다른 신사다.

"우에하라 지로에게 들러붙어서 마셔대는 거야."

기요틴 기요틴 슈루슈루 슈, 기요틴 기요틴 슈루슈루 슈.

"잘 데가, 없지?"

우에하라 씨는 가라앉은 음성으로 혼잣말하듯이 말했다.

"저요?"

순간, 나는 목을 빳빳이 쳐든 뱀이 떠올랐다. 적의. 그 비슷한 감정으로 나는 몸을 단단히 움츠리고 있었다.

"사내들이랑 뒤섞여 잘 수는 없잖아. 추운데."

우에하라 씨는 나의 원망 어린 목소리에 전혀 아랑곳하지 않고 말했다.

"아유, 그럴 순 없죠."

주인아주머니가 한마디 거들었다.

"안됐어요."

쯧, 하고 우에하라 씨는 혀 차는 소릴 냈다.

"아무 대책도 없이 이런 곳에 안 왔으면 좋았잖아."

나는 잠자코 있었다. 이 사람은 분명, 내 편지를 읽었어. 그리고 누구보다 날 사랑하고 있어. 나는 그 사람이 내뱉는 말투에서 곧바로 그런 느낌을 받았다.

"할 수 없네. 후쿠이 씨 댁에라도 부탁해봐야지. 치에, 좀 데려다주겠어? 아니, 여자들끼리 가면 밤길에 위험할까. 이런 귀찮구만. 아줌마, 이 사람 신발을 몰래 저기 부엌 뒤쪽에다 갖다 놔줘. 내가 데려다주고 올 테니까."

밖은 밤이 이슥한 모양이었다. 바람은 어느 정도 잦아들고 까만 하늘 가득히 별들이 반짝였다. 우리는 나란히 걸으며 말했다.

"나요, 뒤섞여 자는 거든 뭐든 할 수 있는데."

우에하라 씨는 졸린 듯한 목소리로 "응" 하기만 했다.

"둘이서만 있고 싶었던 거죠. 그렇죠?"

내가 이렇게 말하며 웃었더니 우에하라 씨는 입술을 일그러뜨리며 쓴웃음을 지었다.

"이러니까 싫어."

그 사람이 날 많이 사랑하고 있다는 걸 온몸으로 느낄 수 있었다.

"술을 너무 많이 하시네요. 매일 밤 그러시는 거예요?"

"맞아. 매일 밤, 아침부터."

"맛있어요? 술이?"

"써."

그렇게 대답한 우에하라 씨의 음성이 왠지 섬뜩했다.

"하는 일은?"

"틀렸어. 뭘 써도 제대로 안 되고, 이젠 그저 모든 게 다 서글프단 생각이 들어. 생명의 황혼, 예술의 황혼, 인류의 황혼. 것도 다 재수 없지."

"위트릴로.*"

나는 거의 무의식적으로 그 이름을 입에 올렸다.

"아아, 위트릴로. 아직도 살아 있는 게 유감이야. 알코올의 망자. 산송장이지. 최근 10년 안에 나온 그림은 너무 상업적이어서 모두 글러 먹었단 말이야."

"위트릴로만 그런 게 아니겠죠? 다른 대가들도 모두 ……."

"그래 맞아, 모두들 힘이 빠졌지. 하지만 새싹들도 모두 봉오리도 채 맺지 못하고 시들어가고 있는걸. 서리. 프로스트. 이 세상에 시도 때도 없이 서리가 내린 것 같단 말이야."

우에하라 씨가 내 어깨를 살짝 감싸 안아 내 몸은 우에하라 씨의 외투 깃에 폭 싸인 것처럼 됐지만, 나는 거부하지 않고 오히려 바싹 몸을 붙여 걸었다.

길가의 가로수 가지. 잎사귀 한 장 붙어 있지 않은 가지. 가늘고 뾰족해서 밤하늘을 찌를 듯하다.

"나뭇가지가 아름답네요."

문득 혼잣말처럼 속삭였다.

"으응, 꽃과 새까만 가지의 조화가……."

약간은 당황했는지 언뜻 말을 잇지 못하며 대꾸했다.

"아뇨. 전, 꽃도 이파리도 싹도 아무것도 붙어 있지 않은 이런 가지가 좋아요. 그래도 꿋꿋이 살아 있잖아요. 말라죽

---

* 프랑스의 인상주의 화가, 모리스 위트릴로Maurice Utrillo(1883~1955). 독특한 화풍으로 파리 빈민가의 모습을 그렸다.

은 가지와는 달라요."

"자연만은 쇠잔해지지 않는다?"

그리 말하고 곧 맹렬히 재채기를 쏟아냈다.

"감기 아니에요?"

"아니, 아니, 그게 아니야. 사실…… 이건 내 기벽이야. 취기가 극에 달하면 곧바로 이런 끝도 없는 재채기가 난단 말이야. 취했다는 걸 알려주는 바로미터지."

"사랑은요?"

"응?"

"누군가가 생겼어요? 극에 달할 때까지 간 사람이 있냐구요."

"뭐야, 사람 놀리면 못써. 여자는 모두 똑같아. 복잡하게 꼬여 가지고 아주 못쓴다구. 기요틴 기요틴 슈루슈루 슈, 사실 말이야, 한 사람, 아니, 반 사람 정도 있지."

"내 편지 읽었어요?"

"읽었어."

"답장은요?"

"나는 말이야, 귀족은 싫어하는 놈이야. 아무래도 어딘가 역겹게 오만한 구석이 있어. 당신 동생 나오도 말이지, 귀족치고는 썩 괜찮은 놈이지만 가끔 불쑥, 도저히 못 봐줄 만큼 시건방을 떨 때가 있거든. 나는 시골 촌부의 아들로 태어나서 말이야, 이런 냇가를 거닐 때면 꼭 어린 시절, 고향의 개울가에서 붕어를 낚던 일이나 송사리를 건져 올리던 일이 떠올라 가슴이 짠해지거든."

어둠을 뚫고 희미한 소릴 내며 흘러가는 냇가 옆으로 우리는 걷고 있었다.

"하지만 너희 귀족들은 그런 우리의 감상을 절대 이해 못 할 뿐만 아니라 경멸하지."

"투르게네프는요?"

"그 녀석은 귀족이지. 그래서 싫어."

"하지만《사냥꾼 일기》는……."

"응, 그 작품만은 좀 쓸 만해."

"그 책은 농촌 생활의 감상을……."

"그 녀석은 시골 귀족, 그래 그 정도 선에서 타협할까."

"나도 지금은 시골 사람이에요. 밭을 일구고 있지요. 시골 가난뱅이."

"아직도 날 좋아하나?"

거친 말투였다.

"내 아이를 갖고 싶어?"

난 대답하지 않았다.

바위가 굴러떨어지는 듯한 기세로 그 사람의 얼굴이 다가와 다짜고짜 키스 세례를 퍼부었다. 욕정의 냄새가 나는 키스였다. 나는 그걸 받으며 눈물을 흘렸다. 굴욕적인, 울분에 겨운, 쓰디쓴 눈물이 거침없이 두 볼을 타고 흘렀다.

164

다시 둘이서 나란히 걸었다.

"내 실수야. 정신 나갔었어."

이렇게 말하며 그 사람은 웃었다.

하지만 나는 웃을 수 없었다. 눈썹을 찡그리고 입을 앙다물었다.

어쩔 수 없다.

굳이 말로 표현하자면 그런 느낌이었다. 나는 내가 게다를 질질 끌며 거칠게 내딛고 있는 걸 의식했다.

"실수였어."

그 남자는 다시 말했다.

"갈 데까지 갈까?"

"재수 없어."

"이런, 녀석."

우에하라 씨는 내 어깨를 주먹으로 툭 치다가 다시 큰 재채기를 했다.

후쿠이라는 분의 집에서는 모두 벌써 잠이 든 모양이었다.

"전보요, 전보, 후쿠이 씨, 전보 왔어요."

큰 소리로 외치며 우에하라 씨는 현관문을 두드렸다.

"우에하라?"

집 안에서 남자의 목소리가 들렸다.

"맞아요. 프린스와 프린세스가 하룻밤 신세 좀 지려고 왔어요. 아무래도 이리 추워선 재채기가 끊이지 않아, 모처럼 맞는 사랑 여행인데 코미디로 끝나버리겠어."

현관문이 안에서 달칵 열렸다. 오십 줄은 훨씬 넘어 보이는, 대머리에 몸집이 왜소한 남자가 화려한 파자마를 입고 이상스럽게 멋쩍은 웃음을 띠며 우리를 맞았다.

"부탁할게요."

우에하라 씨는 한마디만 던지고 망토도 벗지 않은 채 서둘러 집 안으로 들어갔다.

"아틀리에는 추워서 안 돼. 2층 방을 빌리자. 이리 와."

그러더니 내 손을 잡고 복도를 지나 맞은편 계단을 올라가서, 어두운 방으로 들어가 방 한쪽 구석에 있는 전등 스위치를 달칵 돌렸다.

"요릿집 방 같아요."

"그래, 졸부 취향이지. 그래도 저런 서툰 그림쟁이한테는 이런 것들도 아까워. 운이 세서 재난도 비껴가니 이용해 먹어야지. 자, 자자."

꼭 자기 집에 온 것처럼 마음대로 장롱 서랍을 열고 이부자리를 내려 깔았다.

"여기서 자. 나는 갈게. 내일 아침 데리러 올게. 화장실은 계단을 내려가면 바로 오른쪽에 있어."

타닥타닥, 계단을 미끄러지듯 소릴 내며 내려가더니 곧 잠잠해졌다.

나는 다시 스위치를 돌려서 전등을 끈 다음, 아버지가 외국서 사다주신 옷감으로 만든 벨벳 코트를 벗고, 오비*만 풀고 기모노는 그대로 입은 채 잠자리에 들었다. 몸도 피곤한 데다 술을 마셔서 그런지 나른한 게 곧바로 꼬박 선잠에 빠졌다.

어느 틈엔가 그 사람이 내 옆에 누웠고…… 나는 한 시간 가까이 소리 없는, 필사적인 저항을 했다.

그러다 문득 애처로워서 내버려두었다.

"이렇게라도 하지 않으면 안심할 수가 없죠?"

"뭐, 다 이런 거야."

"당신, 몸이 많이 상한 거 아니에요? 각혈했죠?"

"어떻게 알았어? 사실 얼마 전에 된통 심하게 쏟았어. 아무한테도 말하진 않았는데."

"어머니가 돌아가시기 전과 똑같은 냄새가 나요."

"죽자고 마셔대는 거야. 살아 있다는 게 서글퍼 견딜 수가 없어. 외로움, 쓸쓸함, 그런 배부른 감정이 아니라 그저 슬퍼. 칙칙해. 나를 둘러싼 사방의 벽에서 탄식 소리가 들려오는데 나만의 행복 따위가 있을 리 없잖아. 자신의 행복, 영광 따위, 살아 있는 동안에는 결코 있을 수 없다는 걸 깨달은 순간 인간은 어떤 기분이 들까. 노력. 그런 건 그저 굶주

---

* 기모노를 입고 허리에 매는 띠

린 야수의 먹이가 될 뿐이야. 비참한 인간들이 너무 많아.
재수 없지?"

"아뇨."

"사랑만 있으면 되나? 당신이 편지에 쓴 대로 말이야."

"그래요."

나의 그 사랑은, 꺼져가고 있었다.

날이 밝았다.

방 안이 어슴푸레 밝아오고 나는 옆에서 자고 있는 그 사
람의 잠든 얼굴을 물끄러미 바라보았다. 죽음을 앞둔 사람
의 얼굴이었다. 피곤에 찌든 얼굴이었다.

희생자의 얼굴. 고귀한 희생자.

내 사람. 나의 무지개. 마이 차일드, 미운 사람. 야속한 사람.

이 세상에 둘도 없는 너무나, 너무나도 아름다운 얼굴이
란 생각에 가신 줄 알았던 사랑이 다시금 되살아나 가슴이
두근두근, 그의 머리카락을 어루만지면서 나는 입을 맞추
었다. 애달픈, 슬픈 사랑의 성취.

우에하라 씨는 눈을 감은 채 나를 껴안았다.

"성질이 모났지, 난 촌부의 아들이니까."

이제 이 사람에게서 떨어질 수 없어.

"난 지금 행복해요. 사방의 벽에서 탄식 소리가 들려와도
내가 느끼는 지금의 이 행복감은 극에 달했어. 재채기가 터
질 정도로 행복해."

우에하라 씨는 후후후, 웃더니 말한다.

"너무 늦었어. 이제 황혼이야."

"아침이에요."

내 동생 나오지는, 그날 아침 자살했다.

7

나오지의 유서.

누나.

틀렸어. 나 먼저 갈게.

나는 내가 왜 살아 있어야 하는지 도무지 모르겠어.

살고 싶은 사람만 사는 게 좋아.

인간에게는 살 권리와 동시에 죽을 권리도 있는 법이지.

내 이런 생각은 전혀 새롭지도 않고 뭐도 아니고 이런 당연한, 그야말로 근본적인 것을 사람들은 너무 무서워해서 감히 입 밖에 내지 않을 뿐이야.

살아가고자 하는 사람은 무슨 일이 있어도 반드시 굳건히 살아남아야 하고, 그건 아주 대단한 일이라 인간으로서 영예도 꼭 그런 사람에게 돌아가겠지만, 죽는 게 죄가 된다고는 생각지 않아.

나는, 나란 잡초는 이 세상의 공기와 태양 빛 속에서 숨 쉬기가 힘들어. 살아가기엔 어딘가 모자란 구석이 있단 말이야. 모자란다구. 지금까지 버틴 것도, 최대한의 발악이었어.

나는 고등학교에 들어가서 그때까지 내가 속해 있던 계급과 전혀 다른 계급에서 성장한 거칠고 질긴 잡초 같은 친구들과 처음 어울리게 됐고, 그 기세에 눌렸지만 그래도 질 순 없단 생각에 마약에 손을 대고, 절반은 제정신이 아닌 상태에서 저항했지. 그러곤 군대에 가게 됐고 역시나 거기서도 살아남을 최후의 수단으로 아편을 택했지. 누난 이런 내 심정 이해하지 못할 거야.

나는 천박해지고 싶었어. 강한 인간, 아니 광포한 인간이 되고 싶었어. 그게 이른바 민중의 벗이 될 수 있는 유일한 길이라 생각했어. 술 정도로는 도저히 불가능했지. **늘 눈앞이 빙글빙글 도는 상태가 아니고선 내게 불가능한 일이었다고.** 그래서 마약 이외엔 다른 수가 없었어. 나는 우리 가문을 잊어야 했어. 아버지 핏줄에 반항해야 했어. 어머니의 우아함을 거부해야 했어. 누나에게 차갑게 대해야만 했어. 그러지 않으면 저 민중의 방으로 들어가는 입장권을 손에 넣을 수 없다고 생각했어.

난 천박해졌어. 천박한 말들을 쓰게 됐지. 하지만 그 절반은, 아니 60퍼센트는 어설프게 주워들은 것들이야. 서툰 임시변통이었다구. 민중의 눈으로 보면 난 역시, 눈에 거슬리고 점잔 빼는 이방인이었어. 그들은 나와 마음을 터놓고 함께 어깨동무해주지 않았다구. 하지만 그렇다고 내가 버린 살롱으로 돌아갈 수도 없었지. 지금 난 천박하고 비록 60퍼센트는 일부러 꾸며낸 어설픈 흉내라 하더라도, 나머지 40퍼센트는 정말로 천박하게 전락했으니까. 나는 기존 상류 살롱에 납시는 아니꼬운 양반들을 보면 토할 것 같아서 한순간도 버틸 수 없게 되어버렸고, 그 학식 있는 분, 덕망 있는 분이라 불리는 사람들도 내 몸과 입에서 풍기는 고약한 냄새에 입이 떡 벌어져 달아날 테니까. 이미 등진 세계로 다시 돌아갈 수도 없고, 지향하는 민중에게서 악의에 찬, 멀찌감치 떨어진 방청석을 한 자리 부여받았을 뿐이야.

어느 시절에나 나 같은, 이른바 생활력 없고 모자란 잡초는 사상도 쓰레기도 없이 그저 스스로 소멸해가야만 할 운명인지 몰라. 하지만 내게도 할 말은 있어. 나도 내가 왜 여기서 버티기 힘든지 뼈저리게 느끼는 바가 있어.

인간은 모두 똑같다.

이건 정말, 사상일까, 이 납득할 수 없는 말을 만들어낸 사람은 종교가도 철학자도 예술가도 아니라고 생각해. 이건 민중끼리의 술자리에서 뿜어나온 말이야. 구더기가 끓듯, 언제 누구의 입에서 나왔다고 할 것도 없이 뭉글뭉글 깊은 곳에서부터 뿜어 나와 온 세상을 뒤덮고 서로를 낯설게 갈라놓은 거야.

이 불가사의한 말은 민주주의와도 마르크스주의와도 전혀

관계없는 말이야. 그건 틀림없이 술판에서 못난 놈이 잘난 놈을 향해 내뱉은 말일 거야. 모두가 알고 있는 초조함이야. 질투라구. 그 말엔 사상도 뭐도 없어.

하지만 그 술판에서 터져 나온 이 원망이 이상하게도 고매한 사상의 가면을 쓰고서 민중 사이를 행진하고, 민주주의와도 마르크스주의와도 아무 상관 없는 말인데, 언젠가부터 그 정치사상, 경제사상과 맞물려 묘하게 비열한 것으로 전락하게 돼버린 거야. 메피스토라도 이런 터무니 없는 말을 사상과 바꿔치기하는 일 따위는, **양심에 찔려서** 차마 못 했을지도 몰라.

인간은 모두 똑같다.

이 얼마나 비굴한 말인가. 인간을 혐오함과 동시에 자신을 경멸하고, 일말의 자존도 없이 모든 노력을 포기해버린 말. 마르크스주의는 일하는 자의 우위를 주장하지, 똑같다고는 하지 않아. 민주주의는 개인의 존중을 주장하지, 똑같다고는 말하지 않아. 그저 규타로*만 이렇게 말했을 뿐이야.

"에에, 아무리 영악해봤자, 거기서 거기 모두 똑같은 인간 아니야?"

왜 **똑같다**고 하는가, 뛰어나다고는 할 수 없는가, 노예근성의 복수.

하지만 이 말은 사실, 외설적이고 꺼림칙하고 사람들은 서로

---

* 유곽의 호객꾼. 여기서는 속된 인간을 낮추어 칭한 말로 쓰였다.

를 두려워하고 모든 사상이 유린당하고 모든 노력은 조롱당하고 행복은 부정되고 미모는 모욕당하고 광영은 땅에 떨어지고 이런 '세기의 불안'은 납득할 수 없는 그 한마디에서 시작됐다고 난 생각해.

받아들이고 싶지 않은 말이라 생각하면서도 나 역시 이 말에 협박받고 두려워, 무슨 일을 하려 해도 움츠려 숨게 되고 앉으나 서나 불안해, 가슴은 늘 두근두근 숨을 구멍을 찾다가 점점 더 술과 마약에 빠지고 그 현기증 덕에 순간이나마 안정을 얻으려다 이 지경이 된 거야.

나약하지. 어딘가 중대한 결함이 있는 잡초야. 또, 뭔가 그런 변명 따월 늘어놓을라치면, 뭐야, 원래 노는 걸 좋아하는 놈이잖아. 게으른 놈, 여자나 밝히는 놈, 자기 편한 대로 쾌락만 좇는 놈 아니었냐고, 규타로가 비웃으며 말할지도 몰라. 그리고 난 그런 말을 들어도, 지금까지는, 그저 부끄러워 쩔쩔매다 고개를 끄덕여왔지만, 하지만, 나도 이제 죽음을 앞에 두고 한마디 밝혀두고 싶어.

누나.

믿어줘.

난, 그렇게 굴러다녔어도 전혀 **즐겁지 않았어.** 쾌락 불감일지도 몰라. 나는 그저 귀족이란 나의 굴레에서 벗어나고 싶어 발광하고 시시덕거리고 타락한 거야.

누나.

정말로 우리에게 죄가 있는 걸까. 귀족으로 태어난 것이 **우리**
의 죄일까. 그저 그 집에 태어났다는 사실만으로, 우리는 영원
히, 예를 들어 유다 집안의 자식처럼, 민중에게 죄스러워하고,
끝없이 사죄하고, 부끄러워하며 살아가야만 해.

나는 좀 더 일찍 죽었어야 해. 하지만 단 하나, 엄마의 애정.
그것을 생각하면 죽을 수 없었어. 인간은 자유롭게 살 권리를
가짐과 동시에 언제라도 자기 뜻대로 죽을 권리를 갖고 있지
만, '엄마'가 살아 있는 동안, 그 죽을 권리를 유보해야 한다고
생각했어. 그것은 동시에 '엄마'도 죽이는 일이 될 테니까.

이젠 내가 죽더라도 몸이 상할 정도로 슬퍼할 사람도 없고
아니 누나, 난 알고 있어. 나를 여읜 당신들의 슬픔이 어느 정
도일지. 아니, 보이기 위한 감상은 그만두자. 당신들은 내가
죽은 걸 알면 분명 눈물을 흘리겠지만, 내가 살아 있다는 데서
오는 괴로움과 그 지겨운 삶에서 완전히 해방됐다는 데서 얻
을 기쁨을 이해한다면 눈물은 점차 거두어질 거라고 믿어.

나의 자살을 비난하며 오래 살았어야 했다고, 내게 실제로는
아무 조언도 해주지 않고 그저 눈앞에서만 그럴듯한 얼굴을 하
고 내뱉는 사람들은, 분명 폐하께 과일 가게라도 차리시라고
눈 하나 꿈쩍 안 하고 진언할 정도로 대단한 어르신들이겠지.

누나.

난 죽는 게 나아. 내겐 남들이 말하는 생활 능력이란 게 없어.
돈 때문에 남들과 겨룰 만한 힘이 없어. 나는 사람들을 협박하

고 그들 앞에 큰소리를 칠 수가 없어. 우에하라 씨하고 어울려 놀아도 내가 마신 것만큼은 언제나 내가 계산했어. 우에하라 씨는 그걸 귀족 출신들의 알량한 자존심이라며 아주 질색했지만 자존심 때문에 그런 게 아니야. 우에하라 씨가 일해서 번 돈으로 내가 흥청망청 마시고 배나 불리며 여자를 안는 일은 두려워서 도저히 할 수 없었어. 우에하라 씨의 일을 존경하기 때문이라고 간단히 말해버린다 해도 그건 사실이 아니고, 나도 사실 확실히는 모르겠어. 단지 남들이 베풀어주는 걸 받는 게 너무 두려워. 특히나 그 사람이 맨주먹으로 땀 흘려 번 돈으로 대접받는다는 건, 고개를 들 수 없을 정도로 목구멍이 막히는 일이라 난 도저히 그럴 수 없었어.

그래서 할 수 없이 집에서 돈과 물건들을 가지고 나와 엄마와 누나를 가슴 아프게 만들었고 나 자신도 전혀 즐겁지 않았어. 출판 사업을 한다며 떠든 것도 그저 부끄러운 나 자신을 감추기 위한 구실이었지, 실제로는 조금도 그럴 맘이 없었어. 설사 내가 진심으로 사업을 시작했다 한들, 남들이 사주는 술도 못 마시는 놈이 이리저리 돈을 얻으러 다닌다고? 정말 상상할 수도 없는 일이야. 그건 아무리 내가 어리석은 놈이라도 알고도 남지.

누나.

우리는 이제 빈털터리가 됐어. 살아 있는 동안 남들에게 베풀며 살고 싶다고 생각했는데, 이젠 남들이 베풀어주는 걸 받아야 연명할 수 있는 처지가 됐다구.

누나.

이런 상태로 내가 왜 살아 있어야 해? 이제 끝났어. 난 갈 준
비가 됐어. 편히 죽을 수 있는 약을 갖고 있어. 군대에 있을 때
구해둔 거야.

누나는 어여쁘고(나는 아름다운 엄마와 누나가 늘 자랑스러웠어) 현
명하니까 누나에 대해서는 조금도 걱정하지 않아. 걱정할 자
격조차 내겐 없지. 그건 도둑놈이 피해자의 처지를 생각해주
는 격이니 얼굴만 벌게질 뿐이야. 누나는 꼭 결혼해서 아이도
낳고 남편을 의지해서 잘 살아갈 거라 생각해.

누나.

내게 밝히지 않은 비밀이 하나 있어.

오랫동안 마음속 깊이 꼭꼭 숨겨두었다가 전쟁터에서도 그
사람이 떠오르고, 그 사람 꿈을 꾸다 눈을 뜨면 흐르는 눈물을
훔친 게 몇 번이었는지 몰라.

그 사람의 이름은 도저히 아무에게도, 입이 썩어들어간다 해
도 말할 수 없어. 나는 이제 곧 세상을 뜰 사람이니, 누나에게
만이라도 분명히 털어놓을까 했지만 그것 역시 너무 두려워
이름을 밝힐 수는 없어.

하지만 난 그 비밀을 비밀인 채, 끝까지 이 세상 누구에게도
밝히지 않고 가슴속 깊이 묻어두고 죽으면, 내 몸이 불살라지
더라도 가슴속 그곳만큼은 타지 않고 남을 것 같아, 그마저도

날 견딜 수 없이 불안하게 만드니, 누나에게만 휘휘 돌려 픽션인 양 말해주려 해. 픽션이라 해도 누나는 분명히 상대방이 누군지 알아차릴 거야. 픽션이라기보다 그저 가명을 쓰는 정도로 해둘 테니까.

누나가 기억할까?

아마 누나는 그 사람을 알겠지만 만난 적은 없을 거야. 그 사람은 누나보다 약간 나이가 많아. 외꺼풀진 눈에 눈꼬리가 약간 위로 올라가고 파마 같은 건 한 적도 없이 언제나 생머리를 뒤로 질끈 동여 묶은, 강한 인상이라고 해야 할까, 그런 수수한 머리 모양에다 아주 검소한 복장을 하고 있지만, 막돼먹은 모습이 아니라 언제나 제대로 갖춰 입은 매무새에, 말끔해 보이는 사람이지. 그 사람은 새로운 기법의 그림을 잇달아 발표해 갑자기 유명해진 어느 중년 서양화가의 부인인데, 그 서양화가의 행동거지는 무척이나 난폭하고 거칠었지만 부인은 아무 일도 없다는 듯이 언제나 우아한 미소를 띠고 지냈어.

내가 자리에서 일어나 "그럼 이만 돌아가겠습니다" 했을 때, 그 사람도 일어나서 아무런 경계심 없이 곁으로 다가와 내 얼굴을 올려다보며 "왜요?" 하고 평상시와 다름없는 말투로 아이처럼 고개를 약간 옆으로 기울이며 잠시 내 눈을 응시했지. 그 사람의 눈엔 아무런 사심도, 허식도 없어서 나는 원래 여자와 시선이 마주치면 당황스러워 시선을 돌리는 사람인데, 그때만큼은 아무런 부끄럼 없이 그 사람의 얼굴과 얼마 되지 않는 간격을 두고 60초나 아니 그보다 더 길게 아주 편안한 기분으로 눈동자를 바라보다 끝내 웃음을 지었어.

"하지만……" 했더니, 그 사람은 "곧 돌아오실 텐데……" 하고 여전히 침착한 얼굴로 말했어.

정직이라는 건 이런 느낌의 표정을 두고 하는 말이 아닐까, 난 순간 생각했어. 도덕 교과서에 나오는 그런 거창한 덕이 아니라, 정직이라는 말로 표현되는 본래의 덕은 이런 사랑스러운 게 아니었을까.

"다시 들르겠습니다."

"그래요."

처음부터 끝까지 특별할 게 없는 대화였지. 어느 여름 오후, 서양화가의 아파트를 방문했을 때, 그 화가는 집에 없었어. 그래도 곧 돌아올 테니 올라와 기다리지 않겠냐는 그 부인의 말을 듣고 방으로 올라가, 삼십 분 정도 잡지를 읽으며 기다렸는데 돌아올 기미가 보이지 않았어. 자리에서 일어나 이만 돌아가겠습니다, 하고 말했던 단지 그 잠깐의 일이었지만 나는 그날 그 순간에 본 그 사람의 눈동자에 괴로운 사랑을 품게 된 거야.

고귀하다고 표현할까. 내 주위에 있는 귀족들 가운데는 엄마는 예외로 치더라도, 그런 아무 경계심 없는 '정직'한 표정을 할 수 있는 사람은 단언컨대 단 한 명도 없었어.

그 후로 나는 어느 겨울 저녁 그 사람의 옆얼굴을 다시 보았어. 역시 그 아파트에서 서양화가와 마주하고 고타츠*에 다리를 넣고 아침부터 술을 마시면서 일본의 좀 한다하는 문화인들을 씹어대며 껄껄 웃다가, 마침내 그 화가는 쓰러져 코를 골며 곯아떨어지고 나도 옆으로 자빠져 졸고 있었는데, 어느 순간 내 몸 위로 살며시 담요가 덮이는 느낌이 들어 언뜻 눈을 뜨고 봤더니, 도쿄의 겨울 하늘은 물빛으로 맑았고 부인은 딸을 안고 아파트 창가 옆 의자에 앉아 있었지. 그때 부인의 단정한 옆얼굴이 멀리 보이는 물빛 하늘을 배경으로 르네상스 시대의 프로필화처럼 선명하게 도드라졌고, 내게 살짝 담요를 덮어주던 친절은 아무런 사심도 욕심도 없는 아아, 휴머니티라는 말은 이럴 때 사용해야 비로소 의미가 사는 말이 아닐까. 인간이기에 또 한 인간에 대한 연민으로, 거의 무의식적으로 담요를 덮어준 거겠지. 그러고 나선 그림과 똑 닮은 고요한 표정으로 먼 곳을 바라보고 있었어.

나는 다시 눈을 감았어. 그녀를 사랑해, 애가 타 미쳐버릴 것 같아서 눈물이 뿜어나왔어. 난 얼른 담요를 머리까지 뒤집어써버렸지.

누나.

내가 그 서양화가의 집에 놀러 간 이유는 처음엔 그 화가의 작품에 나타난 특이한 화법과 그 안에 담긴, 타오르는 정열에

---

* 일본의 좌식 난로. 이불을 덮을 수 있게 되어 있다.

도취되었기 때문이야. 그런데 그 사람과 만나는 횟수가 늘어가면서 그 사람의 무식과 무성의, 추잡스러움에 실망했지. 그와는 반비례해서 그 화가의 부인이 지닌 아름다운 심성에 이끌려, 아니, **곧은 애정을 품은 사람**이 그리워서 자꾸 떠올랐어. 그 사람을 한 번 더 보려고 서양화가 집에 드나들게 됐던 거야.

그 화가의 작품에 다소나마 예술의 고귀한 분위기라고 할 만한 게 풍긴다면 그건 부인의 다정한 마음이 반영돼서 그런 게 아닐까, 난 그렇게까지 생각하고 있어.

그 화가는 이제 내가 받은 느낌 그대로를 분명히 털어놓겠지만, 그는 그저 술 좋아하고 놀기 좋아하는, 영악한 장사치야. 놀기 위해선 돈이 필요하니 그저 성의 없이 캔버스에 물감을 덕지덕지 바르고 교묘히 시류를 타서는 그게 뭐나 되는 것처럼 값을 높여 불러 팔았던 거야. 그 사람한테 있는 거라곤 시골 뜨기의 뻔뻔함, 멋모르는 자신감, 교활한 상술, 그뿐이었어.

아마 그 사람은 다른 화가들의 그림에 대해선, 외국인의 그림이든, 일본인의 그림이든 아무것도 아는 게 없을 거야. 게다가 자신이 그린 그림도 무슨 의미인지 모르고 있겠지. 그저 놀고 마실 돈이 필요해서 아무 생각 없이 물감을 캔버스에 되는대로 칠해놓은 거뿐이라구.

게다가 더더욱 놀랄 만한 일은, 그 사람은 자기 자신의 그런 무성의에 아무런 가책도 수치심도 공포도 못 느낀다는 거야.

그냥 늘 자신만만해. 어차피 자신이 그린 그림도 뭘 그렸는지 모르는 사람이니 다른 사람의 작업에서 배울 만한 점 같은 걸 알 리가 없지. 그저 헐뜯기나 하는 거지 뭐.

 결국 그 사람의 퇴폐적인 생활은 입으로는 이러쿵저러쿵 불평을 늘어놓지만, 실은 무식한 시골뜨기가 줄곧 꿈꿔오던 대로 도쿄에 올라와 자신도 놀랄 만큼 성공을 거두었기 때문에 어깨에 힘이 잔뜩 들어가서 이리저리 뻐기고 돌아다니는 게 일이야.

 언젠가 내가 말했지.

 "친구들이 모두 빈둥거리며 놀고 있을 때, 나 혼자만 공부하는 건 어째 거북스럽고 두려워서 도저히 못 하겠어요. 그래서 조금도 놀고 싶은 마음은 없지만 그 무리에 끼어 같이 놀지요."

 그랬더니 그 중년의 서양화가는 태연스레 대꾸했어.

 "뭐라고? 그게 귀족 기질이라는 건가. 탐탁지 않군. 나는 말이야, 남들이 노는데 나도 놀지 않으면 손해 보는 것 같아서 더 와자지껄하게 노는 사람이지."

 나는 그때 그 화가를 진심으로 경멸했어.

 이 사람의 방탕한 행동에는 고뇌가 없어. 오히려 어리석은 놀음을 자랑으로 알고 있었지. 진짜 어리석은 방탕아.

 하지만 그 서양화가에 대한 욕을 더 줄줄이 늘어놓는다고 해도 누나와는 아무 상관없는 일이고, 또 영원히 잠들 알약을 손에 쥐고 그 사람과 나의 오랜 교제를 떠올리면 그립기도 하고 새삼 다시 만나 놀아볼까 하는 충동까지 들어. 하지만 미워하는 마음은 조금도 없고 그도 꽤 외로움을 타는 사람이기도 하고 다른 좋은 점들도 가진 사람이니 이제 더는 말하지 않을게.

그저 난 내가 그 사람의 아내를 사랑해서 맘을 못 잡고 애태웠다는 사실을 누나가 알아주었으면 해서 한 얘기야. 그러니 누나는 이 일을 알았더라도 누군가에게 이 얘길 해서 동생이 생전에 못다 한 사랑을 대신 이뤄주겠다든가 하는 그런 참견을 할 필요는 절대 없어. 누나 혼자서만 알고 남몰래 혼자서만 아아, 그랬구나, 생각해주면 그걸로 충분해. 조금 더 바라는 게 있다면, 이런 나의 부끄러운 고백을 듣고 적어도 누나만이라도 지금까지 내가 살면서 안고 왔던 괴로움을 좀 더 이해해준다면, 난 그걸로 충분해.

나는 언젠가 그 부인과 손을 마주 잡은 꿈을 꾼 적이 있어. 꿈에서 부인도 역시 오래전부터 날 좋아했다고 느꼈고 잠에서 깨어나서도 내 손바닥에 부인의 손에서 전해진 온기가 남아 있었지. 나는 이제 그걸로 만족하고 거기서 끝내야겠다고 생각했지. 도덕이 두려웠던 게 아니라, 나는 그 절반은 머리가 돈, 아니, 거의 미치광이라고 해도 될 만한 그 화가가 두려워서 더는 뭘 어찌해볼 수 없었던 거야. 단념해야지 생각하고 내 가슴속 불덩이를 다른 곳으로 향하려 하던 그 무렵, 나는 내가 그렇게 경멸하던 서양화가도 인상을 쓸 정도로 심하게, 이 여자 저 여자 돌아가며 농락했지. 어떻게 해서든 부인의 환영에서 벗어나 잊어버리고 다시 무無로 돌아가려 했어. 하지만 그리는 되지 않았어. 나는 결국, 단 한 명의 여자만을 사랑할 수밖에 없는 운명을 타고난 사내였던 거야. 나는 분명히 말할 수 있어. 난, 그 부인 이외의 다른 여자 친구들한테서는 단 한 번도, 아름답다든가, 애틋하다든가 하는 감정을 느낀 적이 없어.

누나.

죽기 전에 그저 한 번만 불러볼게.

……스가.

그 부인의 이름이야.

내가 어제 아무 감정도 느껴지지 않는 댄서(이 여자에겐 천성적인 백치미가 있어)를 데리고 산장에 온 건, 정말 오늘 아침 죽으려고 생각해서 그런 건 아니야. 언젠가, 머지않아 꼭 죽을 생각은 하고 있었지만. 그래도 어제 여자를 데리고 산장에 온 건 여자가 하도 여행 좀 시켜달라고 떼를 써서, 나도 도쿄에서 노는 데 진력이 났고 이 바보 같은 여자와 2, 3일 산장에서 지내는 것도 나쁘지 않겠다 생각해서야. 누나한텐 좀 미안하게 됐지만 어쨌거나 여자와 함께 이곳으로 왔는데 누나가 마침 도쿄 친구네 집으로 간다니, 그때 문득 이제야말로 내가 죽을 때가 됐다는 생각이 든 거지. 나는 오래전부터 니시카타초에 있던 우리 집 안쪽 방에서 죽었으면 좋겠다고 생각했어. 길거리나 벌판에서 죽어 구경꾼들이 내 몸을 이리저리 주무르는 건 죽어도 싫었지. 하지만 니시카타초의 집은 이미 다른 사람 손에 넘어갔으니, 이젠 이 산장에서 죽을 수밖에 없겠다 생각했어. 하지만 내 시체를 처음 발견하는 건 누나일 테고, 그러면 누나는 얼마나 놀라고 무서울까 생각하니, 누나와 둘이 있다가 자살하는 게 마음에 걸려서 그동안 미뤄왔던 거야. 그러다 이런 좋은 기회가 생겨 누나 대신 아둔하기 그지없는 댄서가 내 자살 현장의 첫 목격자가 되어줄 거야. 어젯밤, 둘이서 술을 마시고 여자를 2층 응접실에 재운 다음, 엄마가 돌아가신 아래층 방에서 이불을 덮고 이 비참한 수기를 쓰기 시작했지.

누나.

내겐 아무런 희망의 버팀목이 없어. 안녕.

생각해보면, 결국 나의 죽음은 자연사야. 인간은 사상만으로 죽을 수 있는 게 아니니까.

그리고 한 가지 말하기 뭣한 부탁이 있어. 엄마의 유품인 마로 짠 옷 말이야. 그걸 누나가 내년 여름에 입으라며 내게 다시 만들어주었잖아. 그 옷 내 관에 함께 넣어줘. 나, 그 옷을 꼭 입고 싶었거든.

날이 밝아오네. 긴 얘기 읽느라 고생했지.

그럼, 안녕.

어젯밤의 술기운은 이제 싹 가셨네. 난 맨정신으로 죽어.

다시 한번, 안녕히.

누나.

난 귀족이야.

8

꿈.

모두가 내 곁을 떠나간다.

나오지를 떠나보낸 뒤 한 달 동안, 난 겨우내 이 산장에서
혼자 지냈다.

그리고 나는 그 사람에게 아마도 마지막이 될 이 편지를
찬물처럼 차분한 기분으로 써 보냈다.

아무래도, 당신 역시 절 버리신 모양입니다. 아니, 점점 잊히
는가 봅니다.

하지만 난 행복합니다. 내 바람대로 아기를 가진 것 같아요.
나는 이제 모든 걸 떠나보낸 기분이 들지만, 그래도 내 배 속에
작은 생명이 내게 옅은 미소를 짓게 하는 씨앗이 되어주고 있
습니다.

손가락질받을 짓이었다고는 절대 생각지 않습니다. 이 세상

에 전쟁, 평화, 무역, 조합, 정치가 존재하는 건 무엇 때문인지, 요즘 전 알 것 같습니다. 당신은 모르시겠죠? 그러니까 언제까지나 불행한 거예요. 그건 말이죠, 제가 가르쳐드릴게요. 여자들이 좋은 아이를 낳기 위해서예요. 난 처음부터 당신의 인격이라든가, 책임감에 기댈 생각은 없었습니다. 나의 한결같았던 모험을 무릅쓴 사랑의 성취가 중요했습니다. 그리고 내 생각을 완수했으니 이제 나의 가슴속은 숲속의 작은 옹달샘처럼 잔잔합니다.

나는 승리했다고 생각합니다.

마리아가 비록 남편의 자식이 아닌 아이를 낳았어도 마리아에게 빛나는 긍지가 있다면, 그들은 성모자聖母子가 되는 겁니다.

나는 낡은 도덕을 아무렇지 않게 무시하고 좋은 아이를 얻어 뿌듯합니다.

당신은 그 후에도 역시 기요틴 기요틴 슈루슈루 슈를 연발하며, 신사들과 아가씨들과 어울려 술을 마시고 퇴폐적인 나날을 보내고 있겠죠. 하지만 전 그런 짓을 그만두라 말하지 않겠습니다. 그것 또한 당신이 치르는 마지막 전투의 형식일 테니.

술을 끊고 병을 치료하고 건강하게 살며 멋진 작업 활동을…… 어쩌고 하는, 돌아서면 꺼져버릴 그런 말은 하고 싶지 않아요. '멋진 작품 활동'보다 한목숨 포기했다는 심정으로 악덕한 생활을 끝까지 해나가는 쪽이 후대 사람들에게 칭송받을 일일지 모릅니다.

희생자. 도덕적 과도기의 희생자. 당신도 나도 분명히 거기 해당하겠지요.

혁명은 대체 어디서 일어나고 있는 걸까요. 적어도 우리 주위에는 낡은 도덕이 여전히, 구태의연하게 우리의 가는 길을 가로막고 있습니다. 바다 수면은 일렁이고 있어도 그 속의 바닷물은 혁명은커녕 미동도 없이 못 들은 척 잠든 척, 납작 엎드려 있습니다.

하지만 저는 지금까지 치른 1회전에서는 낡은 도덕을 대단하진 않더라도 약간은 물리쳤다고 생각합니다. 그리고 다음엔 태어날 아이와 함께 2회전, 3회전을 힘껏 맞서 치를 각오입니다.

사랑하는 사람의 아이를 낳아 키우는 일이 내 도덕적 혁명의 완성입니다.

당신이 날 잊으셔도, 또 당신이 술로 생명을 잃는다고 해도, 나는 내 혁명을 완성해 나가기 위해 꿋꿋이 살아갈 수 있을 것 같아요.

당신의 보잘것없는 인격에 대해 난 얼마 전에도 누군가에게 여러 가지 들었습니다만, 내게 이런 강인함을 준 것은 당신입니다. 내 가슴에 혁명의 무지개를 걸쳐놓은 것은 당신입니다. 살아야 할 목표를 준 것은, 바로 당신입니다.

나는 당신을 자랑스러워하고 있습니다. 또한 태어날 아이에게도 같은 마음을 갖도록 할 겁니다.

사생아와 그 어미.

하지만 우리는 낡은 도덕과 끝까지 싸워 태양처럼 살아갈 작정입니다.

아무쪼록 당신도 당신의 전투를 끝까지 해나가세요.

혁명은 아직, 조금도 일어나지 않았습니다. 앞으로도 더 많은, 귀한 희생이 필요할 듯합니다.

지금 이 세상에서 가장 아름다운 건 희생자입니다.

작은 희생자가 또 한 명 있습니다.

우에하라 씨.

난 이제 당신께 아무것도 부탁할 생각이 없습니다. 하지만 그 작은 희생자를 위한 단 한 가지 청이 있습니다.

그건 나의 아기를 단 한 번만이라도 좋으니, 당신 부인께 안겨드릴 수 있게 해달라는 겁니다. 그리고 그때 제게 이런 말을 할 기회를 주시기 바랍니다.

"이 아이는 나오지가 어떤 여자와 내연 관계에서 생긴 아입니다."

왜 제가 그런 말을 하는지는 아무에게도 말할 수 없습니다. 아니, 저 자신도 왜 그러고 싶은지 잘 모릅니다. 하지만 전 아무리 생각해도 그리해야만 합니다. 나오지라는 작은 희생자를 위해 무슨 일이 있어도 그리해야만 하겠습니다.

불쾌하신가요? 불쾌하시더라도 참아주세요. 이것이 버림받

고 잊힌 여자의 마지막 보잘것없는 심술이라 생각하시고, 꼭
들어주시기를 바랍니다.

M·C 마이 코미디언.

쇼와 22년[*] 2월 7일

---

[*] 서기로 1947년

높이 떠올라 온 세상을 비추었다가 빛을 잃고 한 편으로 스러져가는 태양처럼 몰락해간 사람들…….

《사양》은 제2차 세계대전 직후 무너져가는 귀족 집안과 시대 의식을 그린 작품이다. 이 작품은《인간 실격》에 앞서 1947년 문예지《신초新潮》에 연재되었고 같은 해 출간되었다. 세상에 나오자마자 초판이 만여 부 판매되었고, 이후 중쇄를 거듭해 팔려나가며 명실상부한 베스트셀러가 되었다. 심지어 몰락한 집안과 사람들을 일컫는 '사양족'이란 신조어가 생겨 유행하는가 하면, 지금은 기념관이 된 다자이 오사무의 생가(아오모리 소재)는 '사양관'이라 불렸다고 하니 당시 이 작품의 인기를 짐작할 만하다.

《사양》과《인간 실격》의 시대적 배경은 유사하다. 그러나《인간 실격》이 한 남자의 일생에 초점을 맞췄다면《사양》은 소설을 이끌어가는 화자인 가즈코와 그 집안을 중심으로 가족들이 주요 인물로 등장한다는 차이가 있다.

화족(일본의 구시대 귀족) 가문의 사람들(주인공 가즈코, 남동생 나오지, 어머니, 이들을 경제적으로 지원하는 외삼촌)이 가장의 사망 이후 패전이라는 시대 상황과 맞물려 경제적으로나 사회적으로나 지위가 하락한다. 그러나 가족들이 가진 귀족 의식 (자신이 하층민과는 비교조차 할 수 없는 고귀한 위치라는 뚜렷한 의식) 은 하루아침에 바뀌지 않는다. 막상 현실을 인식하고 떨치려 해도 쉽지 않고 그들이 변화된 일상에서 겪는 어려움은 갈수록 더해만 간다. 작품 곳곳에 묘사되는 귀족계급의 사고방식과 생활양식을 가장 잘 보여주는 두 인물이 있다. 생활이 곤궁해질지언정 옷을 팔아서라도 호화스러운 생활을 유지하려는 이 시대 '마지막 귀부인' 어머니, 겉으로는 허례허식을 욕하면서도 속으로는 정작 계급의식을 놓지 못하는 나오지다. 두 사람 중 고귀한 성품과 아름다움을 지녔지만 시대 변화에 적응하지 못한 어머니가 먼저 시름시름 앓다가 허물어져 간다. 전쟁에 나갔다 돌아온 후 불량배 같은 생활을 일삼는 나오지 역시 바뀐 세상과 사람들에 어울리려 애써보지만 자신이 진정 추구하는 삶은 아니었기에 결국 그 물에 섞이지 못하고 자살로 생을 마감한다.

주인공 가즈코는 이혼과 아이를 사산한 아픔을 가진 스물아홉 살 여자다. 아버지가 돌아가신 후 도쿄 니시카타초에 있는 집에서 어머니를 돌보며 지내다 살림이 갈수록 곤궁해져 외삼촌의 도움을 받아 이즈의 산장으로 이사한다. 혼란한 삶에서 겨우 버팀목이 되어주던 가족들이 하나둘 세상을 떠나자 가즈코는 둥지를 떠나 타지로 나간다. 가즈코가 사랑을 찾아 떠나는 이 시점부터 《사양》의 주제가 본격적으로 드러난다.

홀로 남은 가즈코는 슬픔 속에서도 폴란드의 여성 혁명가 로자 룩셈부르크처럼 '인간은 사랑과 혁명을 위해 살아간다'며 자신을 위로한다. 그리고 6년 전 나오지를 통해 알게 된 유부남 작가 우에하라를 다시 찾아간다. 그와의 짧은 인연을 그간 '비밀'로 간직한 가즈코는 그를 텅 빈 세상에서 자신을 지탱해줄 유일한 끈이라 여기며 짝사랑을 키워왔다. 그리고 룩셈부르크처럼 '사랑의 혁명'을 꿈꾸며 '그의 아이를 낳아 키우는 것'을 자신이 성취해야 할 목표이자 '자기 혁명'이라 믿는다.

나는 이 책을 읽고 색다른 대목에서 묘한 감흥을 받았다. 내가 주목한 부분은, 이 책의 저자가 조금도 주저하지 않고 아주 작은 일부터, 전해 내려오는 사상을 타파해가는 돌파력이다. 아무리 도덕에 위배되더라도 사랑하는 사람이 있는 곳으로 망설임 없이 달려가는 유부녀의 모습을 연상케 한다. 파괴 사상. 파괴는 애달프고 슬프고 아름답다. 파괴하고 다시 세우고 완성하고자 하는 꿈. 그리고 한번 파괴하면 영원히 완성할 날이 오지 않을지도 모르지만 그래도 그 절절한 사랑 때문에 파괴하지 않으면 안 된다. 혁명을 일으키지 않으면 안 된다. 로자 룩셈부르크는 마르크스주의를 향해 서글픈 외사랑을 했다. (125쪽)

결국 이 소설은 주인공 가즈코가 사회적으로 도덕적으로 금기된 우에하라와 사랑을 완성하여 귀족 가문 출신인 자신에게 주입된 상식과 관례에 맞서고, 자신이 꿈꾸는 혁명을 완수하여 미래(태아)를 성취하는 이야기다. 작품 곳곳에는 가즈코의 입을 통해 너무나도 힘찬, 두 주먹 움켜쥔 결심의 외침들이 터져 나온다. 기존의 상식과 신념이라는 독 안에 갇혀 지내던 가즈코는 점차 세상에 눈뜨고 타지로 나가 결국 사랑을 쟁취한다.

《사양》은 제목에서 연상되는 바와 같이 단순히 스러져가는 것, 몰락해가는 것을 주제로 한 작품이 아니라고 생각한다. 마치 모래 속에 묻힌 사금을 추어내듯, 진흙탕 같은 암울한 현실 속에서도 자기 의지의 혁명을 꿈꾸고 이뤄나가는 아름다운 인간의 이야기가 아닐까 싶다.

과거에 누렸던 모든 혜택을 잃고 몰락한 현실에서 주인공 가즈코와 나오지는 끊임없이 인간의 삶과 가치에 대해 생각한다. 두 사람을 통해 작가는 슬픔과 삶의 허망함을 표현한다.

> 작년엔 아무 일이 없었다.
> 재작년엔 아무 일이 없었다.
> 그 전 해 역시 아무 일도 없었다.

이런 재밌는 시가 종전 직후 어느 신문에 실렸는데, 정말이지 지금 생각해보면 여러 일이 있었다는 생각이 들면서도, 역시 아무 일도 없었다는 말에 공감하게도 된다. 전쟁의 추억이란 건 말하기도, 듣기도 싫다. 사람들이 그렇게나 많이 죽었는데도 진부하고 지루하다. (44~45쪽)

사람들이 죽어나간다. 어제 함께 이야기하고 밥을 먹던 이웃이 죽어나간다. 그런데 아무 일이 없었다고 말한다면 죽음에 무감각해졌다는 것. 삶의 가치와 의미를 상실하고 곧 인간성을 상실했다는 뜻이다. 어쩌면 전쟁이 초래한 가장 큰 비극이 아닐까.

순수를 희구하던 나오지는 참혹한 전쟁을 겪고 아편 중독자가 되어 거의 폐인이 되어 돌아왔다. 허례허식에 젖은 예술가와 구시대 식자識者, 귀족들에게서는 자신이 추구하는 삶의 의미를 발견하지 못하면서도 그들과 어울려 방탕하게 생활한다. 그러다 자신이 존경하고 따르던 작가 우에하라의 부인에게서 가식과 사심 없이 배려하는 순수한 인간성을 발견하고 탐닉한다. 죽는 순간까지 발버둥 쳤지만 결국 귀족 신분의 굴레에서 자유롭지 못했던 그는 자신의 결심을 밀고 나가기에 너무 나약했던 시대의 낙오자였다.

반면 가즈코는 낡은 도덕과 사상을 무시하고 나름의 방법으로 타파하고자 했다. 자신이 사랑하는 남자의 아이를 낳아 혼자서라도 키우겠다는 뜻을 자기 나름의 방법으로 이뤄 스스로 생의 씨앗을 심었다.

《사양》은 다자이가 그의 애인이자 가즈코의 실제 모델인 작가 오타 시즈코의 일기를 빌려 읽고 쓴 작품으로 유명하다. 소설 속에서 가즈코가 우에하라에게 보낸 편지에 '우에하라 지로 씨께(나의 체호프. M·C)'라고 적는데, 실제 시즈코가 다자이에게 보낸 편지에도 '다자이 오사무 씨께(나의 작가. 나의 체호프. M·C)'라고 적었다고 한다. 가즈코가 어머니를 여읜 후 도쿄로 우에하라를 찾아와 치도리 술집에서 재회하는 장면 역시 실화라는 설이 있다. 다자이는 일본의 패전 후 자신이 어린 시절을 보낸 대저택이 몰락하고, 가족들이 뿔뿔이 흩어졌던 실제 경험을 소설 곳곳에 녹여내기도 했다.

일본 근대 문학의 한 획을 그은 작가이자 방황하는 인간, 다자이 오사무. 그가 자기 경험을 녹여 인간 세상의 부조리를 향한 반감과 인간 존재의 본질에 관한 고뇌를 솔직하게 풀어낸 이 소설은 동시대 젊은이들에게 공감을 불러일으키고 마음을 사로잡았다.

　다자이 오사무의 소설은 비교적 짧지만 번역하는 데는 어느 장편 못지않게 오랜 시간이 걸렸다. 작가와 시대가 지닌 기본 의식과 작품 전반에 깔린 자조적이고 허무한 분위기를 그대로 살려내는 일은 단순히 일본말을 우리말로 옮긴다는 정도로는 충분하지 않은 작업이기 때문이다. 쉽지 않았지만 읽고 되풀이해 읽어보아도 가슴이 뜨거워지는 작품,《사양》을 우리말로 옮길 수 있어 참 행복했다.

1909년

6월 19일, 아오모리현 쓰가루에서 대지주이며 사업가, 정치가인 아버지 쓰시마 겐에몬과 어머니 다네의 열째로 태어남. 본명은 쓰시마 슈지津島修治.

1916년 (7세)

가나기초 제1소학교에 입학 후 성적이 우수해 수재로 알려짐.

1923년 (14세)

아버지가 폐암으로 사망. 아오모리 중학교에 입학해 친척 집에서 하숙하며 숙모의 돌봄을 받음. 장난기가 많아 반에서 인기를 얻음.

1927년 (18세)

중학교 졸업 후 관립 히로마에 고등학교에 우수한 성적으로 입학함.

1929년 (20세)

학업 성적은 부진한 가운데 신문에 소설과 소품을 발표함. 12월 졸업 시험을 앞두고 칼모틴 다량 복용으로 첫 자살 시도.

1930년 (21세)

도쿄제국대학교 불문과에 입학. 작가 이부세 마스지를 찾아가 사사. 잠시 좌익운동에 가담했으나 이후 문학 수업에 전념. 교제하던 게이샤 오야마 하쓰요와 결혼을 하려다 본가에서 의절당함. 긴자의 술집 종업원 다나베 시메코와 가마쿠라 바다에서 동반 자살 시도. 시메코는 사망하고 혼자 살아남아 자살 방조로 기소유예 처분을 받음. 하쓰요와 약식으로 결혼함.

1933년 (24세)

졸업하지 못하고 유급당함. 다자이 오사무라는 필명으로 〈열차 列車〉 발표.

1935년 (26세)

2월 잡지 《문예文藝》에 소설 〈역행逆行〉 발표. 신문사에 입사 지원하나 대학 졸업이 불가하여 탈락. 가마쿠라산에서 자살 시도하나 미수에 그침. 급성 맹장 수술 후 복막염 치료를 위해 사용한 마약성 진통제에 중독됨. 〈역행〉이 제1회 아쿠타가와상 후보작에 올랐으나 차석에 그침. 학비 미납으로 도쿄제국대학교에서 제적.

1936년 (27세)

첫 소설집 《만년晩年》 출간. 약물중독이 심해져 병원에 입원했다가 예상치 못하게 정신병원에 수용되어 심적으로 큰 충격을 받음.

1937년 (28세)

아내 하쓰요의 간통을 알게 되어 미나카미 온천에서 동반 자살을 시도하나 미수에 그침.

1939년 (30세)

스승 이부세 마스지의 소개로 만난 이시하라 미치코와 정식으로 결혼식을 올림. 정신적 안정을 찾으며 집필 활동에 전념함. 단편 〈여학생女生徒〉과 〈후지산 백경富嶽百景〉을 집필하고 소설집 《사랑과 아름다움에 대하여愛と美について》, 《여학생》을 출간함.

1940년 (31세)

〈달려라 메로스走れメロス〉, 〈직소直訴〉, 〈여자의 결투女の決鬪〉 등을 발표. 〈여학생〉으로 기타무라 도고쿠상을 수상함.

1942년 (33세)

어머니 사망.《정의와 미소正義と微笑》발표.

1945년 (36세)

4월 공습이 심해져 처가로 피난했다가 본가에서 8월 15일 종전을 맞이함.〈석별惜別〉등의 작품을 집필해 발표.

1946년 (37세)

패전 후 몰락한 귀족의 비극과 허무를 그린 소설《사양斜陽》을 구상. 희곡〈겨울의 불꽃놀이冬の花火〉등을 발표함.

1947년 (38세)

작가 오타 시즈코를 찾아가 함께 지내며 그녀의 일기를 빌려 읽고《사양》에 반영함. 11월《사양》을 발표함.

1948년 (39세)

결핵을 앓음. 연인 야마자키 도미에의 간병을 받으며《인간 실격》을 집필. 5월《인간 실격》을 완성하고〈아사히 신문〉에《굿바이グッド・バイ》연재를 시작함. 6월 13일 야마자키 도미에와 다마강 수원지에 투신해 동반 자살함. 서른아홉 생일인 6월 19일 아침 시신이 발견됨.《인간 실격》과《앵두櫻桃》가 사후 출간됨.

옮긴이 오유리

성신여자대학교 일문과를 졸업하고 롯데 캐논, 삼성경제연구소에 재직하는 동안 번역 업무에 종사했다. 현재는 전문 번역가로 활동하고 있다. 옮긴 책으로는 나쓰메 소세키의 《마음》, 《도련님》, 다자이 오사무의 《인간 실격》, 소노 아야코의 《알아주든 말든》, 《나다운 일상을 산다》, 《긍정적으로 사는 즐거움》, 이사카 고타로의 《그래스호퍼》, 산문집 《그것도 괜찮겠네》, 시게마츠 기요시의 《소년, 세상을 만나다》, 《안녕, 기요시코》, 요시다 슈이치의 《일요일들》, 《워터》, 츠지무라 미즈키의 《달의 뒷면은 비밀에 부쳐》, 아라키 겐지의 《촌마게 푸딩》, 하야미네 가오루의 《괴짜탐정의 사건노트》 (12권), 후지타 요시나가의 《텐텐》 등 다수가 있다.

사양

1판 1쇄 발행 2022년 12월 20일
1판 2쇄 발행 2024년 4월 30일

지은이 다자이 오사무 | 옮긴이 오유리
펴낸곳 (주)문예출판사 | 펴낸이 전준배
기획·편집 이효미 백수미 박해민
영업·마케팅 하지승 | 경영관리 강단아 김영순

출판등록 2004. 02. 11. 제 2013-000357호 (1966. 12. 2. 제 1-134호)
주소 04001 서울시 마포구 월드컵북로 21
전화 393-5681 | 팩스 393-5685
홈페이지 www.moonye.com | 블로그 blog.naver.com/imoonye
페이스북 www.facebook.com/moonyepublishing | 이메일 info@moonye.com

ISBN 978-89-310-2293-3 04800
ISBN 978-89-310-2269-8 (세트)